La Rey

Reynaldo Sietecase

La Rey

ALFAGUARA

Papel certificado por el Forest Stewardship Council®

MIXTO
Papel | Apoyando la silvicultura responsable
FSC® C117695

Penguin Random House Grupo Editorial

Primera edición: enero de 2025

Printed in Spain – Impreso en España

ISBN: 978-84-10299-53-5
Depósito legal: B-19328-2024

Impreso en Unigraf, Móstoles (Madrid)

AL99535

—¡Basta, basta, por Dios! —le oí exclamar.
Y tenía razón para suplicarlo: allí, a dos pasos de nosotros, en la penumbra crepuscular de la habitación, el espejo negro, el disco de carbón, estaba ardiendo.

LEOPOLDO LUGONES, *El espejo negro*

La memoria es frágil y eso es una bendición, el tiempo va perdiendo todo en sus espejos.

ANGÉLICA GORODISCHER, *Kalpa imperial*

1

La primera vez que el marido de su abuela la obligó a meterse en su cama, Blanca Rosa tenía trece años. Fue a los pocos meses de su llegada a Ciudad del Este, un sábado de verano, a la hora de la siesta. Su abuela había ido a visitar a la hija de una comadre que acababa de parir mellizos y no regresaría hasta la hora de la cena.

El recuerdo vuelve a su memoria, aunque haga esfuerzos por repelerlo.

—Blanquita, *eju apé* —la llamó el Recio desde la habitación. Y ella fue, sorprendida y con temor; solo había entrado allí unas pocas veces para ayudar a su abuela a limpiar. Él estaba sentado en la cama y con un gesto le indicó que se ubicara a su lado. Vestía una camiseta blanca y un pantalón piyama gris, algo desteñido. El pelo canoso, abundante y algo revuelto, como si recién se hubiese despertado.

—Quiero que te acuestes, *che rajy* —le dijo.

Ella se acercó despacio y se quedó parada frente a él. Pensó que iba a reprenderla por algo que había hecho mal. Quizás un error en las compras de la mañana, pero no. El Recio la tomó de los hombros, la atrajo hacia él y empezó a besarla, primero en las mejillas y en el cuello. Blanca quiso zafar, pero el viejo la agarró de la ropa y la acostó violentamente, luego giró y se colocó sobre ella, quitándole toda posibilidad de movimiento.

—*Ani ekyhyjeti, edisfruta katu* —le dijo al oído en un susurro. Que no tenga miedo, que disfrute. Le hablaba como se les habla a los animales del campo antes de matarlos. Su aliento era insoportable y la barba de días le raspaba la piel. Sin decir más, le metió la lengua en la boca hasta la garganta.

Blanca casi se ahoga. En su desesperación intentó salir de abajo de ese cuerpo que la tenía apresada. Hizo un movimiento brusco hacia un costado, pero apenas logró tocar el piso con uno de sus pies. El Recio le apretó el cuello con una mano y con la otra le jaló el cabello con fuerza, como si fuese a arrancarlo.

—*Rojukáta*, Blanquita —le dijo. Una amenaza convertida en promesa, que en guaraní solo requiere de una palabra. Te voy a matar. Ella quedó paralizada.

La desvistió mientras la besaba por toda la cara. Cada tanto le decía «tranquila, que te gusta *ko*». La lamió en la panza y en los muslos. Cuando llegó a su entrepierna Blanca quiso incorporarse pero él, que la tenía aferrada de las muñecas, apretó más fuerte y le ordenó: «quietita». Solo eso, dijo: «quietita» y Blanca ya no se movió. Fijó la vista en la vieja lámpara de bronce que colgaba justo sobre la cama matrimonial. Tenía cuatro brazos que remataban en tulipanes de alabastro. Su abuela le había enseñado cómo limpiarlos sin tener que sacarlos de su lugar. Se subía a una escalera de madera de seis peldaños y con una franela naranja y un líquido negro los frotaba con fuerza para restituir al metal su antiguo brillo.

Recuperó la conciencia plena de su cuerpo recién cuando escuchó que el viejo le ordenó que saliera de la habitación. Después de tantos años, no sabe por qué no lloró. Recuerda que llegó al baño y se lavó frotándose el pan de jabón sobre la piel con toda la fuerza que le quedaba. A través de la puerta, el Recio la amenazó: si contaba lo que había pasado, la mataría a ella y a su abuela. Y no tenía motivos para no creer en sus amenazas. Por eso calló.

Ahora, cuando ya nadie la llama Blanca Rosa ni Blanquita, ahora, cuando todos le dicen «la Rey» con respeto y hasta con temor, todavía puede sentir el calor agobiante, la piel húmeda por el sudor, los restos de baba y la sensación de asco. Quisiera arrancar de su cabeza ese recuerdo como se arranca una espina, de un tirón, pero no puede.

Desde esa vez Blanca Rosa pasó muchas otras tardes en esa cama. Inmóvil, siempre con la atención puesta en la antigua araña de bronce, lograba dejar su cuerpo allí, olvidado. Como dormida con los ojos abiertos. Mientras el Recio disponía de ella, su mente viajaba al ritmo del único ventilador de pie que había en la casa. Un tac tac tac monótono que todavía la perturba y la hizo aborrecer esos aparatos para siempre.

Blanca no podía entender cómo su abuela no sabía con quién estaba conviviendo. O peor aún, lo sabía y por miedo soportaba en silencio su extrema brutalidad.

Raúl «el Recio» Méndez era un hombre peligroso. A pesar de sus setenta años, imponía temor y respeto con su sola presencia. No le hacía falta levantar el tono de voz para que lo obedecieran. Era alto y estaba excedido de peso, pero su cuerpo lucía musculoso. «*Che* macizo, no gordo», decía, y nadie cuestionaba esa definición. Se vanagloriaba de su pasado de boxeador y exhibía su nariz rota como una bandera de virilidad. Había entrado al mercado de Ciudad del Este como matón y, en poco tiempo, terminó controlando una veintena de puestos en el predio comercial más grande de Sudamérica, justo en el corazón de la Triple Frontera, ese territorio donde se tocan Paraguay, Brasil y Argentina a pocos kilómetros de las Cataratas del Iguazú. Gracias a sus arreglos con la policía, el Recio gozaba de protección e impunidad para sus actividades clandestinas: el contrabando de productos electrónicos y la venta de drogas.

Era hábil, y más de una vez su astucia había resultado beneficiosa para sus pares, por lo que se había ganado la confianza de todos. Muchos recordaban cómo había manejado la situación cuando, por las versiones de que la Triple Frontera era una zona de grupos fundamentalistas islámicos, todos temían que el gobierno paraguayo enviara más fuerzas de seguridad poniendo en peligro sus negocios. El Recio propuso salir al cruce de esa información. Convenció a sus colegas de lanzar una campaña de afiches callejeros donde se veía al líder de Al-Qaeda con el fondo imponente de las cataratas del Iguazú y una leyenda que decía: «Si Bin Laden se arriesgó a venir, es porque vale la pena visitar Cataratas». La ironía cayó muy bien entre los vecinos, especialmente en la poderosa comunidad árabe, que difundieron la imagen por todos lados.

Al poco tiempo los partidos políticos paraguayos le ofrecieron ser candidato a intendente, pero a todos los rechazó. No le hacía falta ningún cargo político. El Recio se movía por Ciudad del Este como si fuese un alcalde sin oficina.

2

Hay tres cosas que la Rey sabe hacer bien: limpiar, coger y matar. Aprendió tempranamente y ahora es una experta en las habilidades que le salvaron la vida en más de una ocasión. Son sus tres saberes. Sus armas para defenderse en la selva. Tal vez sea una manera muy brutal de definir a una persona, pero conocer en qué cosas una se destaca es de vital importancia cuando no se tiene nada. Hace la diferencia.

La primera destreza se la debe a su abuela Cándida. Ella le enseñó a limpiar una casa de manera perfecta. Le explicó que todas las niñas pobres tienen que aprender a limpiar para convertirse en «*kuña guapa*» (mujer trabajadora), por si les toca un «*arriero pitúva*» (un compañero inútil o vago).

Cándida era una mujer pequeña, de rasgos duros y piel morena. Tenía el cabello entrecano, lacio y largo, habitualmente lo llevaba trenzado hasta la cintura. Vestía de manera llamativa y elegante, con faldas y camisas de colores. Su abuela nunca pasaba inadvertida a pesar de su metro cincuenta y cinco de estatura. Se destacaba por su simpatía y generosidad. Ninguna noticia, por triste que fuese, lograba hacer mella en su buen ánimo. Solo tenía una debilidad: no soportaba estar sola, y eso la llevaba a hacer concesiones.

Cuando fue a vivir con su abuela, Blanca Rosa era una chinita que acababa de perder a su madre a causa del dengue. «Una enfermedad tropical transmitida por el mosquito. El animal más letal del planeta», según contó su maestra de escuela. La señorita Mabel aprovechó «el lamentable deceso» para dictar una clase especial sobre el tema. Tratando de mitigar la conmoción que la arrasaba, se lo explicó a su manera: «*Che memby*, tenés que ser fuerte, a cualquiera le puede pasar una cosa así, en este país la vida es una lotería». Con el tiempo, llegó a comprender que son los pobres quienes compran la mayoría de los boletos en esos sorteos del destino.

Por esos años todavía no era la Rey y todos la conocían por su nombre de bautismo: Blanca Rosa González Miszkowski. Su apellido paterno no encierra ningún misterio: es el más popular del Paraguay, «González donde te vas te sale», dice el refrán. El apellido polaco de su madre, Miszkowski, tiene una historia más glamorosa. Eran descendientes del primer inmigrante polaco que llegó al Paraguay, un ingeniero llamado Luis Federico Miszkowski, que se convirtió en héroe nacional y en el gran protagonista de los relatos familiares.

Los inmigrantes europeos siempre fueron una rareza en Paraguay, incluso los conquistadores españoles transitaban el territorio guaraní solo si era necesario. La región no tenía las reservas de plata que abundaban en las minas de Potosí, ni el oro que se escondía en las montañas del Perú, ni las piedras preciosas que relucían en Colombia. ¿Por qué razón, entonces, iban a sumergirse en ese paisaje exuberante y peligroso? Sin embargo, hasta allí llegó un grupo de polacos.

El viaje al sur del mundo, desde el centro de Europa, no fue la única aventura ni la más arriesgada de Miszkowski. Con el grado de coronel, su antepasado había tenido una activa participación en la llamada Guerra Grande. En ese enfrentamiento de los paraguayos contra la Triple Alianza, integrada por Argentina, Brasil y Uruguay, fue el responsable de diseñar las defensas del Fuerte de Curupayty, la batalla más cruenta de ese largo conflicto. «Tengo sangre de héroe», decía Blanca Rosa, con orgullo patriótico, cada vez que le preguntaban por el origen de su apellido materno.

Con la muerte de su mamá no quedaron muchas opciones para la niña. Su padre era hachero y no estaba en condiciones económicas ni personales de cuidarla. La quería, pero no sabía bien qué hacer con ella. Decidió entonces sacarla de Caazapá, la pequeña localidad donde vivían, y llevarla a Ciudad del Este con la abuela Cándida, que había enviudado dos veces, y por esos años convivía con el Recio.

En Ciudad del Este, Blanca Rosa podría ir a la escuela y comería todos los días. El padre se decidió por esa seguridad. Tenía la triste experiencia de haber perdido a su otro hijo, de apenas cinco años, por inadecuada atención sanitaria después de un sarampión. Cualquier hogar sería mejor que el suyo. Así que decidió la mudanza de un día para el otro. Además, él tenía que seguir trabajando, ¿quién iba a cuidarla cuando no estuviese en la casa? Tampoco podía llevarla: el monte no era lugar para una niña. No le quedaba otra opción, derribar árboles era su modo de vida y los árboles estaban allí, muy cerca. El hombre no podía imaginar a qué clase de vida la estaba condenando cuando la despidió con un abrazo.

Un año después, el oficio que le había dado de comer se convirtió en su pasaje a la muerte. Blanca Rosa no volvió a ver a su padre. Unos troncos de lapacho se soltaron de un remolque y lo aplastaron. La abuela Cándida le comunicó la noticia una noche, antes de dormir y mientras la arropaba. La abrazó y dijo una frase en guaraní que la acompañaría para siempre: *hi ára g̃uahẽ* (le llegó su hora). Esa era la fórmula popular con la que muchos paraguayos se sometían al destino y se resignaban ante las peores tragedias por considerarlas inevitables, por más injustas que fueran. Esa noche lloraron juntas. Luego con su abuela estuvieron un mes con luto riguroso.

En las noches tristes de Ciudad del Este, cuando la invadía la nostalgia, Blanca Rosa recuperaba algunas imágenes de sus padres y de su pueblo natal. Sabía que Caazapá venía del guaraní *ka'aguy jehasapa*, que significa «más allá del monte». En la escuela había aprendido que los antiguos dueños de la tierra creían realmente que más allá de la selva estaba Dios y que los franciscanos que estuvieron en la zona, en la época de la colonización española, fundaron el poblado con la ayuda divina. Para el 1600, el asentamiento era una pequeña reducción de caciques e indios derrotados y en proceso de conversión al cristianismo. Los sacerdotes nunca combatieron esa leyenda de un Dios cercano que los guaraníes repetían con un fervor inexplicable: «*Ñandejára oĩ umi yvyramáta kakuaite rireminte*». Creían que «el gran hacedor» estaba oculto detrás de esos grandes árboles, y eso no se discutía. Dados los resultados en miseria y hambrunas, era evidente que si Dios estaba por allí se había desentendido de la suerte de los indios. Por otro lado, los grandes árboles habían sido talados en un proceso de deforestación carente de orden o racionalidad.

Toda su familia había nacido y muerto «más allá del monte». A pesar de la angustia que le provocaba recordar esos años, cada tanto Blanca Rosa soñaba con los grandes árboles que rozaban el cielo con sus ramas y con las zambullidas en el río. Cuando se lo proponía, también lograba recuperar el sabor de la miel silvestre y los juegos compartidos con sus amigas.

No solo conservaba esos momentos, también podía sentir el *haku korócho*, cuando el calor era agobiante, y la amarga sensación de *vare'a,* cuando no tenían qué comer. Recuerda la tristeza que abrumaba a su madre antes de morir: la certeza de partir dejándola sola en la tierra roja. En su cabeza suena una canción que le cantaba para que se durmiera, habla de un pequeño coatí perdido. Hasta puede sentir las manos ásperas acariciando suavemente su cabeza, invitándola al sueño.

3

La piedra negra cabía en una mano, tenía forma de media luna y un brillo perturbador. En la casa de Ciudad del Este estaba exhibida en una vitrina que ocupaba casi toda una pared del amplio living, detrás de un vidrio biselado, a la vista de todos los visitantes que quisieran asomarse a ese rincón repleto de recuerdos familiares. Estaba apoyada en un pequeño estuche, como los que se usan para guardar relojes. Desde su llegada, Blanca Rosa la miraba unos minutos todos los días.

—*Kóa ndahaʼéi ita, che memby* —dijo su abuela Cándida cuando al fin Blanca Rosa se animó a preguntarle qué era esa cosa oscura que emanaba reflejos desde su interior.

—Y si no es una piedra ¿qué es?

La atracción que ejercía sobre ella el pedazo de cristal negro era tan potente que no podía pasar cerca sin mirar hacia su magnética oscuridad.

—*Peteĩ espejo hũ overáva nderesáicha* —respondió Cándida con una sonrisa, y le dio un sorbo profundo al tereré helado servido por su nieta. «Un espejo negro que brilla como tus ojos», Blanca se quedó pensando en la linda y misteriosa frase que le había regalado su abuela.

Era una tarde de mucho calor, y mientras Cándida se hamacaba suavemente en una mecedora de mimbre, ella se paró frente a la vitrina intentando encontrar algún reflejo de su imagen en la piedra y continuó preguntando.

—No mires tanto*, che memby. Es paje, mitãkuña'i* —dijo la abuela como para dar por terminada la charla—. *E paje.*

«Es magia». Esa fue la primera referencia directa al poder del pequeño espejo. Blanca Rosa se quedó con la idea de que se trataba de un amuleto de la suerte. Cándida le había contado, además, que el objeto respondía a un nombre de mujer: obsidiana. Pero entendido como se concebía a la mujer en algunos lugares del Paraguay rural y que parecía reflejarse en el lenguaje: *Kuña* está formado por *Kû* (lengua) y *Aña* (diablo). Para Blanca, en realidad, la piedra se parecía a un relicario, en especial porque en el mueble estaba escoltada por una estampa de la Virgen de los Milagros de Caacupé, hermosa bajo su manto celeste, y por un retrato de su tatarabuelo, el coronel ingeniero Luis Federico Miszkowski, que miraba con la mirada profunda de los elegidos.

Con el correr de los días, Blanca Rosa percibió que la superficie de la piedra se agitaba levemente como si fuese de agua, y luego empezó a vislumbrar, dentro de la profunda negritud, algunas figuras que no alcanzaba a distinguir con precisión. Lo primero que hizo fue averiguar todo lo que pudo sobre la obsidiana, así supo que se trataba de una roca de origen volcánico que se partía en lajas y era fácil de pulir o afilar. En la escuela, su maestro le contó que algunos pueblos de América

Central llegaron a tallar cuchillos y puntas de flechas con ella, y hasta crearon una espada de madera dura con hojas de obsidiana incrustada.

Era un arma que, utilizada con destreza, podía provocar heridas tremendas. Fue conocida como *hadzab* entre los mayas y *macuahuitl* entre los aztecas. Los guerreros confiaban en ellas más que en sus propias manos. Claro que los filos de obsidiana nada pudieron hacer frente a las espadas de acero forjadas en Toledo. En los enfrentamientos iniciales, las *hadzab* estallaron contra el metal como si fuesen de vidrio. Tal vez ese sonido en el aire haya configurado en la mente de los defensores la primera señal de la derrota. El coraje no alcanza para ganar una guerra.

Había algo más en la obsidiana que los europeos no pudieron someter ni capturar. Durante el sistemático saqueo que sobrevino a la sucesión de triunfos, los conquistadores no solo encontraron armas, joyas y herramientas confeccionadas con ese mineral plebeyo. En los templos se toparon con extraños espejos negros de distinto tamaño que, como no estaban acompañados de oro, fueron subvalorados. ¿Qué utilidad podría tener un espejo que no reflejaba, un espejo que no cumplía con su función esencial?

Los fieros soldados europeos no alcanzaron a entender nunca la funcionalidad de esos objetos. No se trataba de ver, sino de lo contrario. Más que encontrar una imagen, los espejos negros permitían perderla o percibir otras. Quizás era ese deslumbramiento original lo que llevaba a Blanca Rosa a quedarse por largos minutos mirando fijamente hacia la piedra.

Para su abuela, el fragmento de obsidiana pulido era un tesoro que había llegado a sus manos luego de pasar de generación en generación. Originalmente le había pertenecido a su mítico antepasado. La leyenda familiar indicaba que había sido el regalo de un chamán guaraní que, a su vez, lo había recibido de un brujo mexicano. Según su diario de campaña, el coronel ingeniero Miszkowski la llevaba consigo cuando diagramó las defensas de Curupayty. La portaba cosida en una bolsa de cuero del lado de adentro de su casaca rojiblanca, cerca del corazón.

Según la narración que viajaba a través de los relatos familiares y que Cándida repetía a pedido de Blanca Rosa en las noches agobiantes de Ciudad del Este, la piedra fue decisiva para cambiar el curso de la batalla de Curupayty, la más grande y cruenta de la historia de América del Sur. El militar había organizado la defensa del Fuerte con obsesiva precisión, pero sabía perfectamente que no era suficiente ante el poderío de las fuerzas combinadas de Argentina, Brasil y Uruguay. Al igual que todo el alto mando paraguayo, esperaba un feroz ataque de los aliados, que los superaban en número de hombres y armamentos. Consideraba que resistir el mayor tiempo posible era la única opción digna ante una segura derrota.

Cándida relataba con entusiasmo. Lo hacía en *jopara*, un guaraní cruzado con oraciones en español y expresiones a veces inentendibles que no le hacían perder al relato intensidad ni ritmo. Sus palabras eran una música cautivante que atravesaba la noche. Se detenía en pequeños detalles que diferían de una versión a otra, aun cuando explicaban el mismo episodio. Blanca Rosa navegaba sobre esa historia como en un sueño real viendo cada una de las escenas. Desde aquellos relatos, contar bien se convertiría en una de las cualidades que más valoraría en una persona.

Según su abuela, durante tres semanas Miszkowski realizó una tarea titánica o, como ella misma lo definía: *peteĩ misión tuicháva*. Organizó a cientos de soldados para que trabajaran en cuadrillas cavando trincheras, cortando árboles para hacer estacas y construyendo túneles y pasadizos. Consolidó un ancho foso e hizo levantar plataformas para los cañones. Luego ordenó más excavaciones que se cubrieron con el follaje de los árboles, muchos de ramas espinosas. En los pozos interiores ordenó que se apostaran los mejores tiradores del ejército.

Aun así, no estaba conforme. Sabía que las defensas podrían ser rebasadas. Dos noches antes del combate decisivo, después de caminar por los alrededores del Fuerte y pensarlo mucho, el abuelo de Cándida recurrió a la piedra negra. Necesitaba ayuda del cielo y de la tierra o todo el esfuerzo realizado sería en vano. Precisaba de las sombras y los elementos. Requería la ayuda de los espíritus. Cándida aquí hacía una pausa y luego decía con naturalidad: «Ellos lo ayudaron».

En el amanecer de la gran batalla comenzó a llover de manera torrencial. Un pequeño diluvio a pedido. A las ocho de la mañana del 22 de septiembre de 1886 la flota imperial de Brasil comenzó un bombardeo incesante que hizo estragos entre los defensores. Cuando la comandancia aliada consideró que las baterías locales estaban destruidas, se pasó a la fase final del combate. El general argentino Bartolomé Mitre ordenó un ataque frontal por tierra. Cerca de veinte mil soldados comenzaron a avanzar lentamente con el objetivo de tomar la posición paraguaya. El terreno era un lodazal. Ante el avance de tan imponente infantería, el general paraguayo José Eduvigis Díaz ordenó el repliegue de sus tropas.

Recién cuando los soldados enemigos estuvieron cerca, ordenó abrir fuego. Milagrosamente, a pesar del intenso bombardeo naval, la artillería paraguaya estaba casi intacta y causó enorme cantidad de bajas entre las tropas que se aproximaban en formaciones abigarradas y chapaleando en el barro. Los que lograron avanzar se encontraron con zanjas cubiertas con espinas y estacas afiladas. A cada paso los soldados caían en verdaderas trampas mortales y, cuando querían retroceder, se topaban con nuevas oleadas de refuerzos que llegaban decididos bajo la indicación de ataque frontal. Los que huían, entonces, se veían obligados a volver a la zona de tiro, donde eran literalmente fusilados.

Más de cuatro mil atacantes murieron ese día. Algunos sobrevivientes argentinos hablaron de «fantasmas» a los que no podían doblegar con sus armas. Un capitán escribió en un parte de guerra la frase «ejército de sombras». Nadie les dio demasiada importancia a esos testimonios, eran los horrores propios de una guerra despiadada.

Cuando la victoria estaba asegurada, el general Díaz pidió que llamaran a Miszkowski, el gran estratega de la gloriosa jornada, para felicitarlo por sus trampas y artilugios defensivos, que habían resultado fundamentales. Pero cuando lo fueron a buscar descubrieron que su antepasado era uno de los muertos en combate. Sin embargo, hubo un hecho sorprendente: el cuerpo no tenía ninguna herida, como si hubiese sido atravesado por un rayo invisible. Muchos atribuyeron ese misterio a la piedra negra que hallaron en su mano.

—*Orahaíte vera chupe* —contaba Cándida con tono grave. Se lo habían llevado al otro lado. Ese era el gran final de la historia.

Blanca Rosa no comprendía por qué su abuela insistía en ponderar las virtudes de la piedra. Si bien quedaba claro que la estrategia de Miszkowski había sido clave para esa gran victoria, esto no cambió el curso final de la guerra y él mismo murió de manera inexplicable en ese combate. Cándida no se inmutaba ante esos cuestionamientos. Para la muerte de su antepasado tenía una explicación. En su lenguaje enrevesado le dio a entender que cuando la piedra aceptaba algún pedido, después lo cobraba. Para su abuela no se trataba de un elemento de protección, sino de una puerta de acceso al mundo de los muertos. Una vez allí se podía implorar por lo deseado y convocar fuerzas ocultas para lograr cualquier propósito. Cándida aclaraba que por ese tipo de ayuda «ellos te cobran *hepy*», es decir, muy caro, y que por eso ella nunca le había pedido nada al pequeño espejo negro.

Más allá de los cuentos que iba tejiendo pacientemente para su nieta, estaba claro que Cándida no estaba interesada en indagar demasiado sobre los eventuales poderes del pequeño espejo. Lo que de verdad le importaba a su abuela era que nadie se olvidaría de Curupayty en el Paraguay y que el apellido familiar había quedado inscripto para siempre en la memoria del pueblo guaraní.

4

Unos meses después de la primera violación, el Recio se hartó de su inmovilidad y la llevó al London, uno de los clubes nocturnos más concurridos de Ciudad del Este. Quería que le enseñaran «las cosas de las mujeres» y «también a chuparla». Lo dijo de esa manera brutal. Como si el lugar fuese las Academias Pitman. El dueño, un amigo del Recio, aceptó el pedido como una obligación y le exigió a Maruca, una chica argentina que trabajaba en el local, que se ocupara de la adolescente. Maruca tenía veintiséis años y era una profesional.

—No te asustes, nena, es bueno que aprendas, te va a venir bien, seguro te va a servir. O ganás plata con esto o, al menos, te van a querer más en este mundo de mierda —le explicó en ese primer encuentro.

Para que entendiera claramente qué era lo que quería, el Recio le indicó a Maruca que le mostrara ahí mismo, y con él, cómo tenía que hacer. Blanca Rosa estaba aterrada. Maruca miró al patrón como pidiendo una intervención, pero el dueño asintió con la cabeza y la argentina comprendió que no tenía margen para resistir la orden. Sin decir más, los condujo hasta unos sillones que estaban ubicados sobre el final del salón.

—Primera lección —dijo el Recio y, antes de sentarse, se desabrochó el cinturón y el primer botón del pantalón.

Eran las tres de la tarde y el calor era argumento para desbaratar cualquier actividad. Como a esa hora el boliche estaba cerrado, el personal tenía prohibido encender los grandes ventiladores de techo. Una mujer trapeaba el piso, cerca de los sanitarios, como si ellos no existieran. Se percibía un olor fuerte a desinfectante.

—Mirá —le dijo Maruca, arrodillándose frente al marido de su abuela.

Le bajó el cierre del pantalón y empezó a masturbarlo lentamente, la pija del Recio recién se elevó cuando comenzó a besarla.

—Se chupa suave como un helado —dijo en una pausa Maruca. Luego se la metió entera en la boca mientras buscaba con su mirada los ojos de Blanca Rosa. Ella retrocedió unos pasos, vaciló un momento, asqueada, y después salió corriendo hacia la calle. Maruca se detuvo, pero el Recio la tomó de la cabeza con las dos manos para que no dejara inconclusa su tarea.

Así aprendió Blanca Rosa su segunda habilidad. Empezó a visitar el London todas las semanas. A veces el Recio la llevaba por la tarde, simplemente, para que lo viera coger. Un gusto morboso que se daba. Dejó de acompañarlo un día en que no se le paró por más esfuerzo que hizo la prostituta de turno y se fue furioso del cabaret. Desde entonces, bajó la frecuencia de sus visitas y ya no la obligó a ir con él. Blanca descubrió en ese íntimo episodio una señal: el hombre que la aterrorizaba no podía controlarlo todo.

En los encuentros con Maruca no solo hablaban de sexo. Al poco tiempo de frecuentarla, la argentina se convirtió en su amiga y confidente. Le llevaba doce años de edad y se puede decir que la adoptó. Había llegado a Ciudad del Este desde San Nicolás, engañada por un novio brasilero que le prometió casa y matrimonio. No hubo ni una cosa ni la otra y, al poco tiempo, el tipo la abandonó. Quedó sola y sin dinero en una ciudad desconocida. Fue así que comenzó a trabajar en el cabaret. Y se fue quedando, como detenida en el tiempo. Llevaba cinco años en ese limbo prostibulario y desde hacía unos meses hacía planes para volver a su país.

«Nunca confíes en los *kurepas*, Blanca», le había advertido su padre. «Nunca confíes en ellos. Nunca, nunca, ni una vez», se lo había dicho desde que era pequeña. Usaba el término despectivo con el que los paraguayos se referían a los argentinos porque recordaba de la peor manera a un patrón formoseño que lo había estafado. *Kurepí* quiere decir piel de chancho en guaraní. Cuando era niña, Blanca Rosa creía que ese insulto estaba relacionado con el tono más claro de la piel, pero luego supo que los soldados argentinos en la Guerra Grande usaban unas llamativas botas rosas de cuero de chancho que, por cierto, no eran muy útiles para combatir. Algunos aseguraban que les quedó el apodo por ese singular calzado.

A pesar de las advertencias, Blanca nunca llamó así a Maruca, entre otras cosas, porque confiaba en ella. Es más, con el paso de las semanas se convirtió en la persona que más quería en el mundo. No es que no quisiese a Cándida, todo lo contrario: adoraba a su abuela, pero Maruca era la única relación que había elegido por ella misma.

Comenzaron a verse todos los días. Después de la escuela, Blanca Rosa siempre pasaba por la casa de su amiga. Maruca no solo la instruyó en todas las maneras de dar placer y fingirlo con eficacia, también la contuvo cuando la angustia amenazaba con arrasar su ánimo. Ella misma había sufrido abusos de pequeña y sabía que esas heridas nunca terminan de cerrar. Se comprometió a sacarla de allí. Blanca Rosa admiraba la manera que tenía su amiga de entenderse con la vida y cómo se había hecho fuerte con los últimos desencantos.

—Ya no sufro más, nena —le decía—. Los hombres no son importantes, Blanca. Son muy bestias y mentirosos para entregarles el corazón. Hay que saber usarlos nada más...

Algunas tardes las pasaban leyendo viejos ejemplares de la revista *Selecciones del Reader's Digest*, que les dejaba un cliente cada vez que las visitaba. Entre los artículos preferidos de Blanca Rosa estaban los que hablaban de lugares lejanos: «Curioseando por el Caribe», «Viaje a la Patagonia», «Madrid al alcance de la mano» y «París en 24 horas». Recordaba especialmente uno sobre la leña artificial, que la llevó a pensar que su padre no hubiera muerto si ese invento hubiese prosperado.

Había otros con consejos prácticos, como «El arte de comenzar una conversación» o «Cómo convertirse en líder», que le fueron muy útiles para su formación personal. Le gustaban también las biografías célebres (recordaba con mucho cariño las de Charles Chaplin y Simón Bolívar) y las secciones fijas de la revista, como «Cartas ejemplares» y «La risa, remedio infalible».

La *Selecciones* completó su educación y, como estaba editada con lomo, en un formato símil libro, eso la animó a leer otras cosas. Su entusiasmo por la lectura se lo debía a una docente de segundo año de su escuela secundaria. La profesora le dedicaba los últimos quince minutos de la clase de los viernes a leerles un cuento. Lo convirtió en un ritual para sus alumnos. Les pedía primero que guardaran sus útiles y despejaran sus pupitres. «Quienes lo deseen pueden cerrar los ojos», les decía. Y luego, sin más, comenzaba a leer. Al finalizar y antes de despedirlos, anotaba en la pizarra el título del libro del que había tomado el relato y les recordaba que estaba al alcance de cualquiera en la Biblioteca Municipal.

Blanca Rosa no lo dudó, fue la primera en aceptar esa invitación. La sorprendió lo fácil que era llevarse un libro con solo presentar el documento de identidad. Al punto que se convirtió en una visitante asidua del viejo edificio de tejas y, en muchas ocasiones, se quedaba a leer allí. Disfrutaba de ese silencio que reinaba en la pequeña sala de lectura, parecido al de las iglesias vacías.

Si el libro le gustaba luego se lo comentaba a su amiga. Le hacía a Maruca una suerte de resumen muy completo de la historia, que incluía hasta una descripción detallada de los distintos personajes. Después empezó a leer en voz alta. Igual que lo hacía su profesora, un cuento por semana. Cambiaba de voces cuando tenía que destacar una situación romántica o de tensión y hasta incorporaba algunos movimientos si eran necesarios para completar la recreación de una escena importante. La primera vez, Maruca le dijo que escucharla era como meterse en un sueño, y la abrazó llorando de emoción. Desde su ingreso a la escuela primaria Blanca Rosa había demostrado gran facilidad para las matemáticas, pero el amor por la lectura le llegó en la adolescencia. Fue un regalo inesperado en ese ambiente inhóspito en donde crecía.

Blanca aprendió de Maruca su tercera habilidad. No solo la instruyó en cómo utilizar su cuerpo, también le enseñó a usar armas. Con increíble precisión le explicó de qué manera podía hacer un tajo superficial con una navaja solo para intimidar. La aleccionó en la mejor forma de soltar un puntazo en la arteria femoral para matar con seguridad si una situación se ponía muy grave y corría peligro su vida. Su amiga le enseñó a matar, aunque ella nunca había tenido que enfrentarse a esa situación. Y Blanca Rosa aprendió rápido, con la naturalidad de quien concurre a un curso de costura. No podía explicarlo, pero lo entendía como una necesidad.

—Vivimos en la selva —le dijo Maruca—. Y para que no te muerdan todos tienen que saber que vos también podés morder.

5

Blanca Rosa estuvo años lamiéndole la pija al Recio. Tragando su semen, viendo cómo le aparecían canas en el pubis debajo de su horrible barriga. El llamado a la habitación se repitió sistemáticamente cada vez que la abuela Cándida salía por todo el día, en general los sábados. Según sus cálculos, fueron ciento noventa y dos veces. La violación se había transformado para Blanca Rosa en algo mecánico como comer o cagar pero, a diferencia de esos movimientos fisiológicos imprescindibles para la vida, este tenía que cesar.

Un día en que el Recio, fuera de sí porque no se le paraba, casi la asfixia con una almohada, Blanca Rosa comprendió que si no reaccionaba iba a morir en ese rincón del mundo. Por entonces, emanaba fragilidad: no asustaba ni a las palomas cuando cruzaba por la plaza principal. Era una adolescente de piel levemente aceitunada, cabello azabache, rasgos suaves, ojos verdes, armónica en sus formas, pero flaca y de tetas pequeñas. Parecía más chica de lo que era en realidad. Sabía que estaba en desventaja, y si quería hacer algo tenía que planificarlo con precisión. No solo quería terminar con esos juegos perversos que se habían convertido en su calvario, quería vengarse.

Ese sentimiento fue creciendo en su corazón, al principio de manera imperceptible. Como las semillas de stevia que Cándida había plantado en el fondo del patio cuando ella llegó a la casa. Aquellas semillas eran ahora una presencia inapelable y perfumada, una promesa de «bienestar y sanación», había dicho su abuela. Blanca Rosa pensaba que la venganza también sería reparadora, solo tenía que dejarla brotar.

Cuando se lo contó a Maruca, su amiga ni siquiera intentó disuadirla. Todo lo contrario: «Yo te voy a ayudar, nena», le dijo. Es más, decidió que era el momento de dejar Ciudad del Este y le anunció que, si se animaba, la llevaría con ella.

Maruca convenció a uno de sus clientes, un contrabandista de Posadas, para que las cruzara en balsa a Puerto Iguazú, en territorio argentino. No fue difícil, le pagó con lo que tenía: sexo y drogas (a las que solía tener acceso en su trabajo). Le dijo que tenían que llevar a Blanca con ellos y el tipo accedió. Por si a alguien se le ocurría buscarlas, Maruca le dejó una pista falsa, le habló de un trabajo que le habían propuesto en un cabaret de Montevideo y le reveló que esa ciudad sería el destino final del viaje. Hasta le pidió que fuera a visitarla en cuanto pudiera.

Hacía tiempo que Maruca se quería ir de Ciudad del Este. Tenía una prima que vivía en la Villa 31 en Buenos Aires y podía ayudarlas hasta que lograran instalarse. Una vez que cruzaran el río todo sería más sencillo, solo tenían que tomar algún ómnibus que las llevara a la Capital Federal. «La estación terminal está ubicada justo al lado de la villa», le contó a Blanca Rosa, convencida de que llegarían sin problemas.

Eligieron juntas el día de la fuga. O como lo llamaron con cierta ingenuidad: «el día de la liberación». Habían leído un artículo con ese título en la revista *Selecciones* donde se hablaba sobre la liberación de París del dominio nazi en la Segunda Guerra Mundial.

Era un sábado como tantos otros, Cándida había viajado a visitar a una comadre fuera de la ciudad. Esa tarde, mientras el viejo dormía después de la sobada, Blanca Rosa fue hasta la cocina y sin limpiarse ni hacer los buches con té de canela que la ayudaban a quitarse el gusto salado de la boca, agarró la cuchilla que su abuela utilizaba para limpiar los pollos. Repasó varias veces el filo en la piedra que estaba a un costado de la mesada y volvió a la habitación.

En la penumbra el Recio se veía como un animal cansado. Blanca Rosa no dudó. Muchas veces había visto cómo mataban cerdos y aves en el Matadero Central, a donde iba con su abuela a comprar chacinados una vez por semana. Ni la sangre ni los chillidos de las pobres bestias llegaban a impresionarla. Cuando se acercó a la cama, el cuerpo dormido se agitó en un ronquido. No se detuvo. Con la mano izquierda le empujó suavemente el mentón para que el cuello quedara al descubierto. El ventilador repetía su canción retórica. Ni lo pensó. Con la mano derecha deslizó el filo de manera rápida por la garganta.

El corte fue limpio. El Recio ni se enteró de que había muerto.

Mientras la mancha roja se extendía por las sábanas, Blanca Rosa tomó el pene flácido con su mano izquierda y estuvo a punto de rebanarlo. Podía cortarlo como se corta un tallo de maleza y luego dejarlo allí, sobre la almohada, como una señal que sería leída con facilidad por su abuela. De una manera u otra, por miedo o ignorancia, sentía que no la había protegido. Volvió a mirar el pene y lo escupió. Fue hasta la cocina y limpió la cuchilla. «*Hi ára g̃uahẽ*», dijo en voz alta.

Su abuela recién llegaría a la casa al día siguiente. Y aunque la amaba, no sentía pena por ella. Merecía otro hombre para su vejez, alguien que la quisiera de verdad y la cuidara. El Recio era malo, muy malo.

—Nadie va a lamentar su muerte —le había dicho Maruca para sostenerla en su decisión—. Habrá un poco de escándalo, pero van a estar más ocupados en ver cómo se reparten sus negocios que en buscarte. Vamos a tirar ropa tuya en el río para que crean que te ahogaste. Y si no creen en esa historia, no importa. Nos vamos igual.

Maruca le contó que el jefe de la Policía local, uno de sus clientes en el cabaret, mantenía una vieja disputa con el Recio y que se la tenía jurada: «Va a recibir su muerte como una bendición. Una chica que mata a su violador y luego se suicida o muere intentando escapar por el río. Con un poco de voluntad archivará el caso en pocas semanas».

Blanca Rosa fue hasta su habitación, reunió algunas pocas cosas y retiró de entre las páginas de un libro de Roa Bastos los pocos billetes que había logrado ahorrar. También se llevó trescientos dólares que encontró en la billetera del Recio. Luego fue hasta la vitrina, abrió la puerta de vidrio y tomó la obsidiana sin detenerse a mirarla. Guardó todo en un pequeño bolso y salió a la calle como si nada.

Mientras caminaba hacia la casa de Maruca, pensó que su abuela la perdonaría solo cuando lograra comprender lo que había ocurrido a sus espaldas. Estaba convencida de que, con el tiempo, lamentaría más la ausencia de la piedra negra que la del monstruo que había tenido por compañero.

6

—El espejo de obsidiana es considerado por los arqueólogos como el objeto más importante del culto de Tezcatlipoca. Su nombre en náhualt significa «espejo humeante». En las imágenes del dios Tezcatlipoca que aparecen en numerosos códices puede observarse un espejo de obsidiana reemplazando uno de sus pies. ¿Es una deidad que emerge de su propio reflejo? Tal vez. Si alguien conoce la respuesta exacta decidió no revelar el secreto. Toda religión se alimenta de misterios. Los aztecas creían que los espejos negros permitían conocer el destino, asomarse al inframundo, dialogar con los espíritus y muchas cosas más. También creían que otorgaban sabiduría y poder. No había emperador que no tuviese uno. Para los aztecas no se trataba de un talismán, sino de una puerta. El dilema era cómo asomarse a ese portal y para qué.

La última frase quedó resonando en el aula. El profesor Salvador Merino, que dirigía la cátedra de Historia de América Prehispánica en la Universidad Complutense de Madrid, era un experto en mitología precolombina, un tema amplio y complejo. Dentro de ese océano cultural, su ballena blanca era Tezcatlipoca, un dios tremendo que todo lo podía y los singulares espejos humeantes.

Por puro gusto, Salvador dejaba su tema predilecto para el final del curso. Adoraba la idea de que los espejos negros hubieran funcionado como verdaderas puertas de conocimiento y la transmitía con la pasión de un sacerdote que explica, desde el púlpito, el misterio de la Santísima Trinidad. Una complejidad que se vuelve simple si se cuenta con la ayuda de la fe.

Salvador había nacido en Argentina, en la ciudad de Rosario, pero vivía en Madrid desde pequeño, cuando sus padres llegaron a España huyendo de la dictadura militar. Sin embargo, no se le había pegado el acento español. Para sus alumnos era motivo de curiosidad: «Para mi familia, mantener el modo argentino de hablar fue un intento de resistir las implicancias más dolorosas del exilio», les explicaba.

Su padre, profesor de Filosofía, y su madre, una destacada antropóloga, fueron quienes le inculcaron el gusto por la historia. Las desventuras de su familia, que incluyeron el secuestro y posterior desaparición del hermano de su madre a manos de los militares en los días previos a la salida del país, lo llevaron, vaya paradoja, a ocuparse centralmente de los temas precolombinos. «Conozco demasiado bien la historia del continente americano como para elegir "el pasado del pasado" a la hora de buscar explicaciones para la desigualdad y la violencia», decía cuando sus amigos españoles le preguntaban el porqué de su pasión por ese período histórico.

El interés por el culto a Tezcatlipoca no se limitaba a sus clases. A partir de un viaje a México y con cada nueva lectura, los espejos negros fueron ocupando gran parte de su vida. Desde que había finalizado la tesis con la que obtuvo el doctorado de Arqueología Americana, Salvador concurría al Museo Nacional de Ciencias Naturales de Madrid todas las semanas. Allí se conservaba un objeto que lo atraía con la fuerza del imán a un clavo.

Cada jueves, una hora antes del cierre del museo, Salvador ingresaba por la puerta principal del edificio sobre la calle José Gutiérrez de Abascal. Como si cumpliera con un plan, antes de recorrer las instalaciones, primero se detenía a conversar unos minutos sobre novedades arqueológicas y antiguas ediciones con el librero Américo Cerqueira, con quien mantenía una amistad nacida en la mutua pasión por la historia, la literatura y la naturaleza. Fue él quien le había advertido sobre la presencia de «un tesoro» en la sala de Minerales, Fósiles y Evolución Humana.

Américo estaba a cargo de la tienda del museo desde hacía tres décadas y, con los años, se fue transformando en una suerte de gurú bibliográfico para muchos investigadores. En esa tienda se conocieron. «Tu cabeza tiene memoria absoluta», era el elogio recurrente que Salvador le dispensaba a su amigo cada vez que este lo sorprendía con algún dato preciso de la historia de España o le hablaba de la existencia de alguna publicación que, en principio, parecía inhallable.

En sus visitas de los jueves, los intercambios en la tienda eran breves, apenas cruzaban algunas frases sobre las novedades de rigor. Américo estaba trabajando y los dos sabían que se encontrarían más tarde para beber unas copas. Algo que se había convertido en una suerte de ritual fraterno. Desde la librería Salvador se dirigía hacia otro edificio, enteramente dedicado a la Geología. Para eso debía pasar frente de la Escuela Superior de Ingenieros Industriales, que compartía predio con las dos alas del museo. Una vez allí, subía a la primera planta y caminaba hasta una vitrina, igual a todas las demás salvo por su contenido. De hecho, cientos de turistas la pasaban de largo cada día. Eran legión los que no sabían que en ese piso se exhibía un objeto de incalculable valor arqueológico. Se trataba de un espejo circular de obsidiana, pulido en ambos lados, de treinta centímetros de diámetro, lo que lo convertía en el mayor espejo azteca de los que se conocían. Si bien contaba con una breve reseña sobre su origen, impresa en un cartel, estaba exhibido como si se tratase de una roca más.

Salvador repetía en cada visita una coreografía lenta. Permanecía frente a la vitrina entre quince y veinte minutos, a veces tomaba alguna foto con su teléfono móvil y nada más. En contadas oportunidades cambiaba de posición sin dejar de observar detenidamente hacia el espejo negro, como a la espera de una revelación. En algunas oportunidades daba algunos giros alrededor del mueble moviéndose según los destellos de las luces en los vidrios. También solía sentarse en un banco ubicado en uno de los pasillos para hacer anotaciones en su libreta.

Para Salvador el misionero Bernardino de Sahagún, quien murió a los noventa y un años en 1590, era la persona que más y mejor había estudiado la cultura popular azteca, recopilando sus costumbres, mitos y leyendas. Fue el monje franciscano quien describió a Tezcatlipoca como un dios poderoso y omnipresente, con la capacidad de estar en el cielo, la tierra y el infierno al mismo tiempo. Se revelaba tremendamente arbitrario: tanto podía promover guerras como propiciar la prosperidad; tanto podía dañar como curar a los desahuciados. Era oscuro y malicioso, pero también impartía justicia. Sahagún había recopilado trescientos sesenta nombres o formas diferentes de dirigirse a ese dios temible. Curioso, un nombre por cada día del año. En su fuero íntimo, Salvador lo llama simplemente: «Padre Espejo».

El culto a Tezcatlipoca era parte de la monumental investigación de Sahagún, que Salvador estudiaba con devoción desde que había comenzado a interesarse por la historia de la América anterior al llamado «descubrimiento». Ayudado por sus discípulos, el misionero había escrito en lengua náhuatl y luego había traducido al español los textos de su libro *Historia general de las cosas de la Nueva España*, una suerte de suma etnográfica de enorme relevancia.

El fraile enviaba regularmente sus escritos para que fuesen publicados al Consejo de Indias, pero allí se los archivaba por razones políticas. La Orden, que lo había alentado en sus comienzos, terminó ocultando su obra por temor a que ese nivel de comprensión de la cultura local terminara afectando la tarea evangelizadora. Finalmente, Sahagún fue injustamente descalificado por sus superiores y cuestionado por sus pares. Una historia repetida cuando se cruzan religión y conocimiento científico.

Salvador les explicaba a sus alumnos que en ese contexto no había posibilidad alguna de que un trabajo tan respetuoso de las costumbres y la cosmogonía de «los herejes» fuese difundido con amplitud y generosidad. Ese libro contradecía la opinión generalizada de que los pueblos invadidos tenían una cultura inferior a la de los conquistadores europeos. Por entonces la idea no era comprender sino imponer un modelo cultural que incluía un nuevo dios como «fuente de toda razón y justicia». Se trataba de la Iglesia Católica, pero también de la política imperial. Un decreto real prohibió difundir la obra de Sahagún, al punto que la investigación recién se publicó en 1829.

—Perdón, profesor, pero usted presenta a Sahagún como si fuese un santo —lo interpeló uno de sus estudiantes. El trabajo de Sahagún generaba más de una polémica en sus clases. No había curso en el que no surgiera algún cuestionamiento. En especial de parte de los alumnos cuyas familias provenían de países latinoamericanos.

—No, un momento, yo no lo elevé a esa categoría, aunque tal vez se lo merecería —respondió con ironía—. Solo estoy valorando su aporte antropológico. Su esfuerzo por escuchar, su pasión por comprender...

—Yo no lo veo igual. Aprendió el idioma de los pueblos vencidos, escribió en esa lengua y eso está muy bien, pero nunca dio el mismo valor a las creencias de los aztecas que a las del cristianismo...

Nacido en Madrid, hijo de padre español y madre mexicana, Manuel Hernández era uno de sus alumnos favoritos y el más beligerante. No solo defendía sus argumentos con entusiasmo, sino que jamás callaba sus ideas. Salvador sugería en sus clases que también leyeran bibliografía de historiadores revisionistas que no ahorraban críticas al franciscano y debía aguantar las críticas.

—Usted tiene razón, pero solo en parte. Sahagún no colaboró en la destrucción del orden mexica, trató de documentarlo, comprenderlo y salvarlo del olvido —le replicó.

Sus clases se convertían muchas veces en un foro donde se desarrollaban intensos debates, que él se encargaba de alentar.

—Usted es latinoamericano, profesor, una cosa es dar la palabra y otra jugarse para evitar un genocidio... —Manuel iba con todo, y los tres o cuatro sudamericanos que integraban la clase celebraban sus estocadas.

—En algo estoy de acuerdo —explicó Salvador—: Sahagún conserva y valora la civilización azteca, pero no alcanza a asignarle el mismo valor que a sus propias creencias. Ahora bien, les pido a todos que se ubiquen en ese momento histórico: ¿podía hacer otra cosa? Hasta para su propia congregación el indio era un hereje y Tezcatlipoca una suerte de Lucifer. Tuvo que decidir y eligió conservar una memoria. No se lo puede juzgar con los parámetros de hoy.

Las discusiones eran apasionadas y solo interrumpidas cuando llegaba el final de la clase. A pesar de las críticas de algunos especialistas mexicanos, Salvador no ocultaba ni fuera ni dentro de los claustros su profunda admiración por el investigador franciscano, a quien considera el gran precursor de la antropología. Muchas veces discutía sobre ese punto con Américo.

Al librero del museo le divertía cómo su amigo hablaba de Sahagún: lo nombraba como si se tratara de un colega con el que se podría ir a tomar unas cañas. Cuando lo escuchaba hablar con tanta vehemencia, los quinientos años que los separaban del religioso desaparecían como nieve al sol.

La obsesión por el espejo negro de Tezcatlipoca llevó a Salvador a confeccionar un catálogo de los dieciséis espejos de obsidiana precolombinos que fueron detectados en el mundo. Los tenía clasificados por sus características y ubicación actual. De trece de ellos reconocía que no contaba con información confiable sobre su procedencia, pero había logrado establecer algunos patrones. Por ejemplo, todos eran circulares y tenían un diámetro de entre dieciocho y treinta centímetros. También apuntó que todos contaban con alguna perforación, lo que permitía inferir que estuvieron colgados en algún sitio o, incluso, que se portaban en el pecho (lo que coincidía con algunas representaciones del dios Tezcatlipoca). Otros, como el que estaba en el Museo de Ciencias Naturales, tenían marcos de madera que bien pudieron haberse colocado en etapas posteriores. En Madrid había otro, más pequeño, en el Museo Nacional de Antropología, pero después de varias visitas Salvador perdió interés en él.

El espejo negro más célebre era el que se exhibía en el Museo Británico. Se estimaba que había llegado a Europa en 1530 y que perteneció a Felipe II. Se creía que lo había recibido como regalo de algún miembro de la corte, quien seguramente conocía su interés por las ciencias ocultas y la magia.

Con Felipe II no había medias tintas. Sus defensores solían presentarlo como un gobernante modélico repleto de virtudes, responsable de haber llevado a España a convertirse en primera potencia de Europa. Del otro lado estaban los que resaltaban su leyenda negra, a la que él mismo había contribuido impidiendo que se publicaran biografías suyas. Además, había mandado a quemar toda su correspondencia. «Coño, ¿quién haría algo así si no tuviese cosas que ocultar?», se preguntaba Américo, esbozando una sonrisa comprensiva.

Salvador no tomaba partido en esa polémica, pero sí solía quejarse de que el espejo negro de Felipe II no estuviese en España. Según había podido establecer revisando archivos de la época, fue durante una de las visitas del monarca a Londres cuando se desprendió del precioso objeto para regalárselo a John Dee, un matemático y astrólogo inglés que se presentaba también como alquimista.

De estos y otros temas hablaban los dos amigos, cuando el museo cerraba sus puertas al público, y se permitían compartir unas copas. «Tu nombre de pila es una invitación a debatir sobre el Nuevo Mundo y sus maravillas», le dijo Salvador la primera vez que conversaron acodados en una barra. Si bien Américo era biólogo, su título no alcanzaba a definir sus impresionantes conocimientos en las más diversas áreas, en especial historia y literatura. Era un hombre culto en el sentido más amplio del término, pero con la vida anclada en lo popular. Podía hablar con la misma solvencia de la pintura de Velázquez o de los toros de lidia, de Camarón de la Isla o de la calidad de los vinos según cada región de España.

Américo tenía esposa y un hijo que lo esperaban en su casa y, por esa razón, solía poner fin a las conversaciones cerca de las nueve de la noche. A Salvador, en cambio, nadie lo esperaba. Tenía una hija que estudiaba en Berlín y a la que solo veía en los veranos. Se había mudado allí con su madre. Por eso, cuando Américo se marchaba, Salvador se quedaba a beber un último trago.

A los cuarenta y dos años, con un divorcio conflictivo, se estaba convirtiendo en un solitario. Era un hombre atractivo, vestía de manera cuidada y se mantenía en buen estado físico gracias al meticuloso entrenamiento que realizaba tres veces a la semana y que le permitía seguir jugando al fútbol con sus compañeros de la universidad. Tenía el cabello negro y corto, con algunas canas en las sienes. La nariz aguileña sobre una boca bien definida le daba un aire italiano. En su historia familiar se mezclaban abuelos gallegos y sicilianos.

«No hay razones para que estés solo, joder», le decía Américo las pocas veces en que la conversación se deslizaba hacia el universo de lo afectivo. Salvador argumentaba que su última experiencia conyugal era una clara señal de que no debía insistir en la búsqueda de relaciones perdurables. «Si te quedas así, el amor se convertirá en un objeto de estudio de la arqueología», bromeaba su amigo. A Salvador le parecía atinada esa observación. El amor ya era para él como esas culturas precolombinas que ocupaban su atención: un mundo profundo y maravilloso, pero extinguido.

7

El viaje a Buenos Aires se extendió por poco más de un día, siempre hacia el sur como si rodaran por el mapa. Para Blanca Rosa era su primer viaje en ómnibus de larga distancia, una aventura modesta que la mantenía inquieta. No dejaba de ser una fuga y, a pesar de la tranquilidad de Maruca, se sentía en peligro. Por la ventanilla se desflecaban las figuras verdes del paisaje y sus ojos sumaban imágenes para el asombro. Durante el recorrido Blanca Rosa comenzó a leer en voz alta una novela: *La niña que perdí en el circo*, de Raquel Saguier, el libro que no alcanzó a devolver en la Biblioteca Municipal antes de partir. «Todo está ahí, en esa cicatriz transparente por donde yo veía», dice la narradora como si supiese de ella y comprendiera algo de su desamparo.

También hablaron mucho, lloraron juntas y se durmieron abrazadas. Maruca dedicó las horas previas al arribo a Buenos Aires a tratar de que Blanca Rosa comprendiera que lo que había hecho en Ciudad del Este había sido un acto de justicia del que no tenía que arrepentirse.

—Como decía mi viejo: el que las hace las paga. Ese hijo de puta iba a terminar mal, tarde o temprano iba a terminar mal, aunque vos nunca hubieses llegado a vivir en lo de doña Cándida —repetía Maruca.

Cuando arribaron a Buenos Aires, se sentían unidas para siempre. El único secreto que Blanca Rosa no compartió con Maruca fue la existencia de la piedra negra que traía en su bolso. En especial qué le pasaba cada vez que la miraba detenidamente por varios minutos. No estaba en condiciones de explicar cómo su mente se dejaba llevar por la oscuridad y entonces veía adentro de la obsidiana imágenes de su vida pasada o escenas y personas desconocidas, que la atraían y, a la vez, la intimidaban.

En una ocasión pudo distinguir a su madre en el día de su casamiento. Estaba hermosa junto a su padre, engominado y serio, vestidos como los recordaba en la foto que colgaba en el living de su casa de la infancia. Una tarde vio a una niña jugando con una muñeca de trapo que reconoció como suya, y una noche llegó a verse recorriendo calles de una ciudad enorme y desconocida. Desde que se iniciaron las visiones sintió que ese objeto le pertenecía.

Llegaron a la estación terminal. Antes de bajar del ómnibus, Maruca repasó ante su amiga las dos advertencias que le había hecho su prima: no comprar nada en los bares de la estación, porque se zarpaban con los precios, y había que estar atentas con los «descuidistas». Blanca necesitó de una breve traducción para comprender el significado de esa palabra.

—Es un ladrón que te arrebata sin que te des cuenta. Siempre están en lugares donde hay mucha gente, el que no está atento pierde. ¿Entendés, nena? —la interrogó Maruca. Y Blanca Rosa asintió.

Mientras descendían del vehículo, también le dijo que no hablara con extraños: «Mientras una persona te distrae con alguna pregunta, otro te puede robar el bolso o la cartera». Además, la advirtió contra el llamado «cuento del tío», un ardid en el que algunos porteños eran expertos:

—Un tipo se acerca y te cuenta una historia triste, te dice que tiene un hijo enfermo o que se está por morir y no tiene guita para los remedios. Hasta puede llorar y te termina mangueando para el tratamiento o para una operación de urgencia. ¿Entendés? —volvió a preguntar Maruca y agregó—: todo blablá, todo verso, te lo digo yo que una vez entré como un caballo.

Ante la catarata de recomendaciones, Blanca Rosa sugirió encarar directo hacia la salida de la terminal sin detenerse por nada. Era una mañana de abril. Un viento otoñal les borró algo del calor oprobioso al que las dos estaban acostumbradas.

Retiro se presentó con su explosión de colores y sonidos. Es la gran puerta popular a la ciudad de Buenos Aires, una babel latina que surge intimidante para quienes la visitan por primera vez. Fuera de la estación se suceden cientos de puestos precarios donde se puede comprar casi todo y a bajo costo: ropa de dudosa procedencia, perfumes falsificados, pequeños electrodomésticos, anteojos de sol, teléfonos celulares y comida regional. Las marcas más prestigiosas del mundo al alcance de bolsillos flacos y sin demasiadas pretensiones. Una suerte de paraíso popular similar a los mercados de Ciudad del Este donde todo es falso, pero «de marca». Un ballet confuso de vendedores que se mueve al ritmo de la necesidad y el engaño.

Retiro es el ingreso terrestre al sueño de una vida sin miserias. Ellas no eran la excepción. El bullicio que subía desde la periferia al ritmo de la música explotaba como una invisible burbuja contra el aluvión de recién llegados. El sonido que emanaba de los equipos de audio callejeros acunaba esa promesa de improbable cumplimiento.

Blanca Rosa y Maruca avanzaron sorteando los puestos. El Barrio Padre Mugica, o la Villa 31, como lo conocen todos, queda justo detrás de la estación. Es una suerte de ciudad dentro de la ciudad, un conglomerado de casas pintadas de colores, imponente en su irregularidad arquitectónica.

Maruca le contó que las casas las hacían los mismos albañiles que habían construido muchas de las grandes y lujosas torres que estaban esparcidas por la ciudad. Se lo había explicado su prima: como en la 31 no había tanto espacio y lo único que quedaba libre era el cielo, hacia allí se habían dirigido los improvisados constructores. Para aprovechar mejor las habitaciones, las escaleras de acceso a muchas viviendas daban al exterior y tenían forma de caracol. Había casas construidas utilizando las enormes columnas de la autopista lindera como medianeras.

Para Blanca Rosa las viviendas se asemejaban a tortas mal terminadas que alcanzaban los tres o cuatro pisos y que en lugar de relleno de crema tenían ladrillos. «Algunas parecen que se van a caer», dijo mientras caminaba sin dejar de mirar hacia arriba como dispuesta a escapar de una catástrofe. Pero Maruca le aseguró que eran tan fuertes y firmes como los albañiles que las construyeron.

Apenas ingresaron al barrio, Blanca Rosa sucumbió a los aromas de la comida frita que le invadieron el cerebro como aguijones de sabor, pero Maruca le propuso desayunar directamente en lo de la Bebe. Su prima las estaría esperando y, de paso, evitaban riesgos de un robo por ser recién llegadas. Blanca aceptó, pero solo después de comprarle chipás a una anciana que los elaboraba a la vista. Finalmente tuvo que pagar Maruca porque la vendedora, aunque era paraguaya, se negó a recibir guaraníes.

La compra terminó de tranquilizarla. «No está bien llegar *ponandi* o, como dicen ustedes, con las manos vacías», dijo Blanca a modo de justificación y convidó a su amiga a servirse uno. Tenían hambre, en el viaje casi no habían comido. En el ómnibus les habían ofrecido como refrigerio una mezcla viscosa de crema de leche que Maruca tocó con la punta de los dedos con repugnancia. «Parece guasca, yo a esta porquería gratis no me la trago», le dijo al chofer y se rieron un buen rato.

En una esquina se toparon con la imagen del Gauchito Gil dentro de un pequeño altar. Blanca Rosa se persignó. Conocía muy bien a ese gaucho milagroso, su padre siempre le encendía alguna vela roja. Ella tenía una estampita con su imagen y no dudaba en encomendarse a su protección en momentos difíciles. Blanca Rosa tomó ese encuentro casual con el santo popular como un buen augurio.

La Bebe tenía una casa bastante grande, con tres cuartos, que había heredado de sus padres, y las recibió generosamente. «Un alma buena», la definía Maruca. Vendía droga para mantener a su pequeña hija discapacitada y no tuvo ningún problema en contárselos de entrada, a los pocos minutos de estar allí, juntas, tomando mate:

—Quiero blanquear pa que no haya problema después —dijo—, si van a vivir acá tienen que saber la posta.

Su hija Laurita, de cuatro años, no podía caminar bien, su pierna izquierda estaba paralizada, tenía «monoplejia a causa de una lesión en la médula». Eso le habían diagnosticado en el Hospital de Niños y la Bebe lo tenía anotado en un papel pegado en la heladera con un imán. «Quiero saber qué decir cuando me preguntan qué le pasa a la piba», les dijo.

Maruca le contó después a Blanca que su prima no solo vendía droga, también consumía y, como se decía en el barrio, había quedado «pegada».

Además de generosa, la Bebe era muy directa cuando hablaba. Decía todo lo que se le pasaba por la cabeza. Una noche les confesó que no se acordaba de quién la había embarazado y que estaba convencida de que lo de Laurita era un castigo por su adicción al paco. Maruca aprovechó, después, para advertir a Blanca Rosa que no debía probar «esa porquería por nada del mundo». Le contó que se trataba de una droga muy adictiva y de efecto devastador, confeccionada con los residuos de la pasta base de la cocaína adulterada con cualquier cosa, hasta raticidas.

La Bebe hablaba con tanta angustia de su adicción «al veneno» que Blanca Rosa quedó inmunizada. Desde el primer día, las dos amigas se dedicaron a apoyarla. Nunca la juzgaron ni por su pasado ni por su presente. Sus propias historias no eran mejores. Estaban en el mismo lado, el de las desamparadas.

Al poco tiempo las cuatro mujeres se comportaban como una familia. Blanca Rosa cuidaba a la pequeña Laura cuando la Bebe tenía que salir. Incluso la llevó a uno de los controles médicos y aprovechó para preguntarle al doctor a cargo de la rehabilitación por qué la niña estaba así. El profesional le dijo que ese tipo de discapacidad podría haberse originado en un accidente, una caída, por ejemplo.

Blanca Rosa pensó que la Bebe podía haber tenido alguna responsabilidad en el estado de Laurita y que, tal vez por eso, se lastimaba tanto consumiendo lo que vendía.

8

Maruca se insertó rápido en el reverso de Buenos Aires. Comenzó a trabajar en la zona del Bajo, en Sagitario, uno de los locales nocturnos destinados a captar clientes que buscaban la compañía de mujeres y estaban dispuestos a pagar por ello, en especial «gringos» que llegaban con dólares o euros en la mano.

«Soy alternadora», dijo Maruca al regresar de su primera jornada laboral. Era el nombre que le había dado a su tarea el dueño de Sagitario: el Bicho. «Alterno entre unos y otros, los hago beber y que me inviten, aunque yo tomo todo diluido con agua para no ponerme en pedo», explicó. La tarea era similar a la que había desarrollado en Paraguay: hacía que los clientes gastaran más de lo que habían pensado gastar antes de entrar al local y se fueran contentos y con ganas de volver. Solo si alguien lo pedía y estaba dispuesto a pagar el precio estipulado, ella accedía a coger. Para esos casos tenía a disposición un departamento en San Telmo.

A pesar de la hostilidad inicial y la desconfianza de algunas de sus nuevas compañeras, parecía conforme. Les contó a Blanca y a la Bebe que el perfil de los hombres con los que trataba «era bueno»: turistas extranjeros, empresarios y políticos de las provincias. «Voy a ganar mucha guita y eso es lo que importa», les dijo.

Maruca decía alternadora como si dijese arquitecta o abogada. Aunque Blanca Rosa tenía claro que nunca ejercería la prostitución, le agradaba la seguridad con la que su amiga se refería a su trabajo. El sitio donde estaba ahora era mucho más confiable que el tugurio de Ciudad del Este donde se habían conocido y, según Maruca, hasta existía la posibilidad de enamorar a algún cliente y convencerlo de que las llevara a Europa. Maruca siempre hablaba en plural, porque todos sus proyectos incluían a Blanca Rosa. Estaba tan entusiasmada con esa idea que hasta quería sacar el pasaporte.

—Hay que estar preparadas —decía convencida y se preguntaba, ante las burlas sobre sus fantasías—: ¿por qué no se nos puede dar?

Blanca Rosa no lograba imaginar el futuro. Estaba demasiado ocupada por resolver su presente. A los pocos días de instalarse en el barrio había empezado a limpiar casas. Primero fue un reemplazo de una amiga de la Bebe, en un departamento grande de la avenida Santa Fe, luego otro en la calle Arroyo. Era rápida, eficiente y en pocas semanas sumó varias clientas gracias a la cadena de recomendaciones que se fue armando entre sus patrones. Limpiar casas era una manera de ratificar su identidad y la voluntad de enderezar su vida sin necesidad de vender ni su cuerpo ni droga.

El método de limpieza de su abuela fue fundamental para destacarse. Para Cándida el aseo era asimilable a librar una batalla, y para ganarla se necesitaba decisión e inteligencia. Como si se tratara de las directivas de su abuelo militar, consideraba que el orden era el mejor camino hacia los buenos resultados. Antes de comenzar había que revisar cuidadosamente el escenario para hacerse una composición mental del trabajo a realizar. Luego pasar revista al armamento: aparatos electrónicos, productos de limpieza y utensilios de todo tipo. Por último, asignaba los tiempos estimados que le consumiría cada espacio. Para Blanca Rosa esas instrucciones eran un catecismo inviolable, aunque diferían en los objetivos: Cándida entendía que saber limpiar y cocinar era el camino para conseguir un buen marido, y para Blanca era una manera sencilla de obtener dinero para lograr independencia.

Antes de comenzar, se colocaba los auriculares del teléfono y sintonizaba una emisora de radio que emitía música paraguaya en forma ininterrumpida. Limpiaba al ritmo de las mismas bandas que escuchaba en la casa de Ciudad del Este: Lalo y los Descalzos, Refugio de Amor y Los Rollers de Encarnación, entre otras. A pesar de su historia de sufrimiento y muerte, Blanca Rosa era una chica alegre y llegaba a emocionarse hasta las lágrimas con algunas canciones. Había logrado borrar de su memoria las imágenes más dolorosas de su pasado y sentía nostalgia por las charlas con Cándida, aunque nunca intentó volver a comunicarse con ella. ¿Para qué? Ya no tenía sentido: nada de lo pasado se podía reparar en una conversación. No lograba explicarlo bien, pero algo parecido a la decepción había apagado lentamente el sentimiento amoroso que tenía por su abuela. Le dolía que ella no hubiera imaginado lo que el Recio le hacía en su ausencia.

Eso sí, la tenía muy presente al limpiar. Lo primero era barrer todos los ambientes y repasar con un paño la superficie de los muebles. El segundo paso consistía en atacar el living con la aspiradora. Se había convertido en una especialista en llegar a los lugares más recónditos del sofá. Después fregaba el suelo con agua y productos de limpieza. A la cocina le dedicaba más tiempo que a ningún otro sitio. Quitar la grasa del horno era lo que menos le gustaba, para esa tarea utilizaba todos los productos con los que contaba: desengrasantes, alcohol, vinagre blanco y detergentes. El baño requería una atención especial. El lavamanos, el inodoro y la ducha eran los lugares donde se encimaba más la suciedad y había que limpiarlos a fondo. Dejaba los dormitorios para el final. Guardaba la ropa en los armarios y cajones, separaba la que había que lavar, cambiaba las sábanas y fundas, limpiaba las ventanas con alcohol y papel de diario.

Antes de abandonar la casa, encendía unos inciensos de lavanda. Este detalle se lo había sugerido Maruca, una fanática de los buenos aromas. «Siempre hay que dejar un toque personal —le explicó su amiga—. Es como tu firma».

Aunque no le faltaba trabajo, la Bebe logró convencerla de complementar sus ingresos con una actividad más rentable: vender droga para una de las bandas que operaban en el barrio. Se lo planteó de una manera muy simple. Le garantizó que no existía ningún riesgo y, para demostrarlo, la invitó a que la acompañara un par de días. Además, la nacionalidad de Blanca Rosa facilitaba su incorporación a una organización que mayoritariamente estaba integrada por paraguayos.

Al principio, Blanca Rosa puso reparos, se resistía a participar en una actividad ilegal. La remitía al mundo marginal que había conocido con el Recio en Ciudad del Este. Pero la Bebe insistió: «Probá, Blanquita, entrale una semana y si no te cabe, chau, lo dejá», le dijo. Solo tenía que trabajar tres horas por la noche, de veintiuna a veinticuatro, el horario en que la Bebe no alcanzaba a cubrir para estar con Laurita. «Es pan comido, más seguro que laburar en un supermercado», le aseguró. Blanca Rosa tuvo que reconocer que realmente era sencillo: se trataba de vender un producto sobre el que no hacía falta destacar sus virtudes y donde los clientes nunca se quejaban del precio. En cinco días le pagaron más que lo que recaudaba en dos meses limpiando casas. En números, y ella era muy buena con los números, la diferencia era abrumadora.

Aceptó la propuesta, inicialmente, solo por un tiempo, hasta que consiguiese hacer una buena cantidad de dinero como para estar tranquila. Por esa razón no suspendió sus jornadas de limpieza, solo las redujo al horario matutino y a tres días por semana. Con esa combinación, tenía toda la tarde libre para estar con Maruca y cuidar de Laurita.

Establecieron una suerte de rutina: almorzaban las cuatro juntas y luego, cuando la Bebe salía para ocupar su lugar de venta, ellas dormían la siesta. A eso de las cinco de la tarde compartían el mate y conversaban hasta que Maruca se preparaba para ir al bar donde trabajaba. Blanca Rosa aprovechaba para contarle a su amiga la historia de alguna de las novelas que estaba leyendo. Era una costumbre que no habían interrumpido. En una de esas tardes cogieron por primera vez.

Laurita se había dormido y Maruca comenzó a hacerle masajes a Blanca Rosa, que estaba sentada a la mesa de la cocina y se venía quejando de una contractura. Después de recorrer por un rato sus hombros y el cuello, le pidió que se acostara en la cama de la Bebe y la ayudó a quitarse la remera. Maruca se sentó a horcajadas sobre su cintura. Los masajes más firmes al principio se fueron convirtiendo en caricias suaves, de arriba hacia abajo. Era como si la estuviese dibujando. Blanca se dio cuenta de que nadie la había acariciado de esa manera. En realidad, salvo su mamá mientras la tuvo cerca, nadie la había acariciado con ternura hasta ese día. Se estremeció solo por pensarlo.

Sin decir palabra, Maruca se quitó la remera y apoyó su torso sobre la piel desnuda de Blanca Rosa, que sintió el contacto de los pezones en la espalda y se erizó por completo, como si hubiese recibido un toque de electricidad estática. Esperó unos segundos y giró el cuerpo sin que Maruca se desencajara de su cintura. Quedaron enfrentadas. Se besaron; primero suave, apenas apoyando los labios, y luego las bocas se abrieron cruzando apasionadamente las lenguas. Cada beso actuaba en Blanca como un bálsamo contra los vejámenes que el Recio había dejado en la memoria de su cuerpo.

Cuando llegó al orgasmo Blanca Rosa comenzó a llorar. Maruca no se inquietó, no había tristeza en esas lágrimas. Lloraba como llora una niña cuando se siente segura luego de haber estado perdida. Un llanto que va de la angustia al alivio. La dejó desahogarse y, cuando se calmó, la abrazó en silencio.

Repitieron variantes de ese ritual amoroso tres veces más. Nunca buscaron precipitar esos encuentros, solo ocurrieron. Blanca Rosa, al principio, trató de darle un nombre a eso que les pasaba. Maruca le restó importancia, lo tomaba como algo natural. Con el tiempo dejaron de hablar del tema. Las dos sabían que no era amor, era algo que no podían explicar. Tampoco se trataba solo de sexo, era mucho más. Un proceso de sanación del alma y de la piel. Una forma de sellar con sus cuerpos una alianza indestructible.

Blanca cumplía con el reemplazo de la Bebe. Se sentaba en una de las mesas de El Toro, el restaurante paraguayo más popular de la villa, y esperaba que llegaran los clientes mientras cenaba alguno de los platos del día. El Toro era el único punto de comercialización del barrio que no funcionaba oculto ni en el formato de búnker. Era el sitio adonde se acercaban compradores que, por alguna razón, no requerían de la clandestinidad o rechazaban internarse en los pasillos.

La «jugada de venta», como llamaban a las operaciones en espacios públicos, requería de unos pasos previos que garantizaban la seguridad. Uno de los «soldaditos» de la banda pasaba por el restorán y se sacaba la gorra para anunciarle a Blanca Rosa que pronto entraría un comprador. Había una docena de adolescentes que se dedicaba a hacer estas tareas de seguridad y transporte. Con el tiempo los fue conociendo a todos.

A los pocos minutos el cliente hacía su ingreso al local para sentarse justo enfrente de ella. Era el único momento en que, a pesar de todas las garantías que le daban, Blanca Rosa se inquietaba. ¿Y si quien entraba era un poli vestido de civil? ¿Y si terminaba presa? Con el correr de los días, los temores fueron menguando. «No pasa nada, Blanquita, es más seguro que cruzar la 9 de Julio un feriado. No te comá ninguna, los ratis están en la joda», repetía la Bebe para tranquilizarla.

Al tercer día, Blanca Rosa se manejaba con asombrosa seguridad. Escuchaba el pedido sin hablar. Ni siquiera tenía que responder al saludo. Tampoco mencionaba los precios, el comprador los conocía apenas ingresaba al barrio y, de esa manera, evitaba cualquier intento de regateo. Solo preguntaba: «¿Alto, bajo o porro?». Después de escuchar la respuesta, entregaba el producto (coca, paco o marihuana), que llevaba fraccionado en pequeños paquetes dentro de una bolsa de tela como las que se usan para hacer compras. El cliente dejaba la plata y se retiraba. El mismo soldadito que le había anticipado el ingreso lo vigilaba hasta la salida de la villa.

Al final de su turno, guardaba en la misma bolsa la plata y lo que quedaba de mercadería y salía del local. Las primeras noches vivió el proceso con cierta tensión, pero con el tiempo se convirtió en algo mecánico. Caminaba las pocas cuadras que la separaban de la casa, siempre vigilada por «lo pibitos», como les decían también a los soldaditos, y cuando llegaba, Laurita ya estaba dormida. La Bebe salía de inmediato a buscar a su referente para rendir las cuentas del día, entregar el sobrante y cobrar lo que le correspondía a cada una. Llevaba un papel confeccionado por Blanca con el detalle de la jornada: lo entregado, lo cobrado y sus comisiones.

Si bien se lo propusieron, Maruca no quiso entrar en el negocio de la venta de droga. «Esa mierda mata y tarde o temprano les traerá quilombo», les dijo. Y cuando ellas le cuestionaban su actividad nocturna, respondía con tono de superioridad: «Lo mío alarga la vida de los chabones, no jodo a nadie y si alguno la palma, lo hace contento. Eso es así como lo digo. Ya tuvimos un muertito feliz, vinieron los polis, se lo llevaron y aquí no pasó nada».

A pesar de las advertencias, lo cierto es que la Bebe y Blanca Rosa cada vez ganaban más dinero, aunque los resultados eran bien diferentes. Con el correr de los meses la Bebe se iba deteriorando, estaba más delgada y descontrolada. En varias ocasiones tuvieron que salir a buscarla por el barrio porque no volvía a dormir después de cobrar la jornada y la encontraban tirada en la calle, inconsciente. Difícil imaginar qué hubiese pasado con Laurita si ellas no estaban allí.

Juntas fueron a pedirle ayuda al padre Lucio, un sacerdote del barrio al que la Bebe quería y respetaba. Ella misma les contó apenas llegaron que Lucio y sus compañeros honraban la tradición del célebre padre Carlos Mugica, un sacerdote que había sido asesinado por un grupo parapolicial en 1974. Por eso el barrio llevaba su nombre. «El chabón no parece cura», les dijo, y les contó una historia destinada a vencer la desconfianza inicial que tenían sus amigas cuando lo conocieron. «Una vez se cagó a piñas con un marido borracho que había fajado a la jermu».

Fue el padre Lucio quien convenció a Bebe de llevar a su hija, durante un tiempo, a vivir a la casa de su hermana en Córdoba, su provincia natal. La nena estaría bien cuidada por su tía y ella podría ingresar a un programa para tratar su adicción. Estaba claro que el sacerdote lo veía como una última oportunidad.

En ausencia de la Bebe, Blanca Rosa siguió acumulando dinero y experiencia. Empezó a tomar contacto con algunos miembros de la organización y a entender cómo funcionaba todo el circuito del narcomenudeo. Con dieciocho años recién cumplidos, le contó a Maruca que quería comprar una casa y que no pararía hasta conseguirlo. «Estamos bien acá, pero quiero otra cosa», dijo, y le propuso a su amiga que se fuesen a vivir juntas.

Era un sueño alcanzable, pero estaban en la Villa 31, donde lo bueno no solía durar.

9

El hombre estacionó la moto sobre la vereda. Era una Zanella azul 250, nueva. Una máquina de buena potencia y fácil de maniobrar en la ciudad. El conductor se bajó y caminó despacio los veinte metros que lo separaban de la tradicional pizzería de la avenida Libertador al 100. Vestía campera y pantalón negro. Uno de los mozos que salió a fumar lo vio acercarse y declaró más tarde que tenía puesta una camisa gris. Un detalle que rompía la monocromía. También contó que no se quitó el casco y que fue eso lo que le llamó la atención. El pobre camarero no se perdonaba no haber dado alguna señal de alarma ante la evidente singularidad del personaje que se quedó parado en la puerta del edificio contiguo al local, como esperando entrar. De todas formas, no hubiese servido de mucho: minutos antes el policía que solía estar en la vereda había ingresado a la pizzería para ir al baño.

Apenas pasaron unos segundos más. Era muy posible que alguien le hubiera avisado, desde adentro, cuál sería el momento justo en el que Carlos Giménez, de nacionalidad paraguaya, comerciante y uno de los capos de la 31, saldría del local junto a su esposa. Fue entonces cuando el hombre extrajo un arma del bolsillo de su campera y se acercó por detrás a la pareja, que había comenzado a caminar hacia la esquina sin advertir su presencia.

El Mono Giménez era habitué de la pizzería La Torre de Retiro, incluso algunos lo señalaban como uno de sus dueños. Desde que había amanecido en su flamante departamento de la calle Esmeralda, no podía contener la felicidad. Se había mudado a un piso lujoso muy cerca de su teatro de operaciones: el Barrio Padre Mugica. Y para completar el panorama favorable, su principal rival había caído preso. Le sobraban los motivos para querer celebrar los nuevos tiempos. Sin avisar a su custodia, invitó a su esposa a cenar. La noche estaba agradable y le sugirió ir caminando. «Ponete linda —le dijo—, tenemos que festejar». Estaba claro que nada temía. Un error que se paga caro. Cuando se participa de ciertos negocios, siempre hay alguien a quien temer.

El Mono recibió tres disparos: dos le impactaron en la espalda y uno en la cabeza. Mientras los parroquianos y empleados de la pizzería se arrojaban al piso por los estampidos que provenían de la calle y su esposa clamaba por ayuda a los gritos, el hombre de negro guardó la pistola en el interior de la campera y trotó hasta la Zanella, la montó y partió a toda velocidad hacia el sur.

Al otro día los diarios hablaron de un crimen cometido por un sicario y de un supuesto «ajuste de cuentas» entre bandas rivales. «Sicario» y «vendetta» podían resultar palabras muy atractivas para los cronistas policiales, pero a la hora de saber la verdad solo aportaban oscuridad.

En la Villa 31 operaban dos bandas que se repartían el territorio y los negocios: los Sampedranos, que eran mayoritariamente paraguayos, y la Gente del Pueblo, conformada en general por peruanos y algunos argentinos. Los Sampedranos debían su nombre a San Pedro, uno de los diecisiete departamentos en que se divide Paraguay, y de donde provenía el núcleo fundador del grupo. Entre sus miembros había descendientes de los primeros habitantes del asentamiento fundado en 1932 con el nombre de Villa Desocupación. Eran nietos de aquellos albañiles y trabajadores golondrina, pero a diferencia de ellos, no se ensuciaban las manos con cal y arena. Habían logrado armar una amplia red de comercialización de droga con búnkeres y puntos fijos en lugares públicos, como el que atendían la Bebe y Blanca Rosa en el bar El Toro. El resto de ese colectivo original de migrantes seguía trabajando con dedicación en cientos de obras en construcción esparcidas por toda la ciudad.

Los Sampedranos fraccionaban y vendían la droga que llegaba desde Bolivia y Paraguay y, en ocasiones, organizaban alguna triangulación con destino a Europa. En el barrio contaban con un sistema de custodia riguroso y confiable. Los compradores ingresaban siempre por las mismas calles, compraban de manera discreta y salían por lugares previamente acordados. Para llegar a los puntos de venta debían atravesar varios anillos de seguridad custodiados por soldaditos. Entre ellos solo hablaban en guaraní.

La cobertura de los negocios ilegales de los Sampedranos se completaba con los acuerdos sellados con los comisarios de la Policía de la Ciudad. Los agentes cobraban semanalmente una cantidad de dinero por poner «palanca de boludo». El método era simple: hacían sus recorridas de control de manera habitual, pero sin reportar nada de lo que veían ni intervenir ante nada de lo que ocurriese. De este modo los miembros de la banda y los clientes que participaban del negocio eran invisibles para los uniformados. Seguridad y rentabilidad estaban garantizadas para todas las partes.

Aunque estaba preso, el jefe de los Sampedranos era Nito Villalba, que seguía manejando su organización desde la cárcel a través de su hermano Ramón. El menor de los Villalba tenía apenas veintidós años y se había ganado un nombre a fuerza de encabezar las acciones más temerarias. En su último encargo, no había dudado en eliminar al Mono Giménez, el número dos de los Sampedranos, que pretendía reemplazar a Nito con el argumento de que, esta vez, no iba a poder zafar de la Justicia Federal. Ramón había dejado claro, a propios y extraños, que no aceptaría desafíos a la conducción de su hermano mientras este estuviese ausente del barrio.

Nito se había enterado en la cárcel de las intenciones del Mono Giménez. Incluso estaba convencido de que podría haber estado involucrado en su detención. Los hermanos hablaron un par de veces por teléfono y, al día siguiente, el atrevido estaba muerto. Nadie vinculó al menor de los Villalba con ese homicidio. Como el caído era un sampedrano, los investigadores judiciales le atribuyeron la muerte a la banda de los peruanos, sus históricos enemigos, y se prepararon para una sucesión de venganzas. Que la muerte de Giménez no haya desatado la ola de revanchas esperada permitía clarificar el origen de la ejecución mejor que cualquier pesquisa, pero, como ya era costumbre con los asesinatos vinculados a las bandas de narcomenudeo, el caso terminó en formato de expediente listo para el olvido.

La osadía que Ramón desplegaba desde la detención de su hermano no caía muy bien entre los miembros más antiguos de la banda, pero la sombra protectora de Nito disipaba cualquier rebelión. Además, la muerte del número dos en la línea sucesoria funcionó como una advertencia contundente. Por predicamento, poder económico y territorial, solo el Mono Giménez podía aspirar a relevar a los Villalba, y esa posibilidad fue enterrada junto a su cuerpo. Con el correr de los días, Ramón había pasado de ser una sombra silenciosa de su hermano a conducir la organización sin admitir cuestionamientos.

La otra banda que compartía la venta de drogas en el barrio tenía un nombre que sonaba al de una agrupación política: Gente del Pueblo. La mayoría eran residentes peruanos, aunque también participaban argentinos. Los lideraba el Loco Nantes, segunda generación de una familia proveniente de Ayacucho, en el centro sur de Perú.

Los Sampedranos los doblaban en número, pero los peruanos eran más violentos. En el barrio se decía que algunos de sus miembros habían participado de la guerrilla. La Gente del Pueblo, como sus rivales paraguayos, contaba con una red de búnkeres, aunque algo más modesta. La diferencia es que no limitaban sus operaciones a la comercialización de droga. También se dedicaban a las apuestas clandestinas y estaban involucrados en una red de trata de personas. Cada tanto se registraba algún incidente entre los dos grupos, pero Nito Villalba y el Loco Nantes se encargaban de poner límites a un enfrentamiento que no le convenía a ninguno de los dos. Las balaceras solo atraían la atención de la prensa y la Justicia, dos sectores más difíciles de controlar que la policía. La vida cotidiana en el barrio se asentaba sobre ese delicado equilibrio tejido entre ambos líderes.

Para contribuir al recelo que generaba su figura entre sus compatriotas, Ramón era lindo. «Está fuerte el guacho —lo describía la Bebe—, pa comerlo crudo». Además, el joven Villalba colaboraba con su genética ya que le importaba mucho su aspecto. Siempre lucía impecable, como si fuese un cantante de cumbia a punto de subir a un escenario. Vestía camisas elegantes y jeans ajustados. Jamás ropa deportiva o remeras como la mayoría de los pibes del barrio. Nunca la tradicional gorra con visera y mucho menos buzos con capucha. Ramón tenía el cabello negro y largo, peinado hacia atrás y atado con una cinta negra, lo que le daba un aire a Antonio Banderas.

La Bebe les contó a sus amigas que eran muchas las «que se lo querían tumbar», pero que Ramón Villalba se quería demasiado a sí mismo como para mirar con atención a alguien. La prima de Maruca hablaba con un dejo de despecho. Lo que callaba era lo que le había dicho la vidente más popular del barrio, a quien había consultado ante la indiferencia del joven a sus insinuaciones: «Ese cuerpo no será pa vos, mijita, ni pa vos ni pa nadie, es de la tierra».

10

Américo no terminaba de comprender por qué razón Salvador estaba obsesionado con los espejos negros. En uno de sus habituales encuentros se lo planteó: «Es ridículo que te detengas en un único objeto de una cultura tan vasta, es como si para estudiar la fauna marítima del Mediterráneo yo le diera prioridad absoluta al mejillón». El profesor no se alteró, pidió una copa de vino, a diferencia de Américo que siempre abría la noche con una caña. Le dio el primer sorbo al rioja, que emitía reflejos rojos a través del cristal, y le devolvió a su amigo, especializado en biología, una respuesta acorde al desafío.

—Un mejillón no es un espejo. Un mejillón se abre, pero no es una puerta a otras dimensiones del mar...

—¡Pero qué sorpresa! Esa es otra cuestión que va más allá del conocimiento arqueológico... ¿le estás sumando al espejo azteca un valor sobrenatural? No me jodas, Salvador...

—Solo te pido que me escuches dejando de lado cualquier prejuicio. Lo primero que hay que saber es que un espejo de obsidiana, más allá del cuidadoso proceso de pulido, es un mineraloide con algunas características similares a las del carbón.

—No soy geólogo para emitir un juicio más preciso, pero acepto el dato.

—Es algo —y se quedó mirándolo unos instantes antes de decir—: ¿Alguna vez te preguntaste por qué los gatos tienen especial predilección por el carbón?

—No, pero lo he visto. En el pueblo de mis abuelos había una carbonería repleta de gatos de todos los tamaños. Siempre pensé que se debía a que al hombre le gustaban los bocadillos de sardinas y que eso los atraía.

—Lamento informarte que no se trata de comida, mi querido Américo. No era el olor lo que los cautivaba de manera tan potente. Los gatos se frotan contra el carbón apenas lo detectan por pura necesidad. Te diría que no pueden evitarlo. Y no me pongas esa cara. Como lo estás escuchando: tienen la imperiosa necesidad de desprenderse de la electricidad que cargan en sus cuerpos. Todos los seres vivos tenemos electricidad, pero en los gatos es excesiva y los incomoda y altera.

—No entiendo a dónde me quieres llevar con los gatos...

—Ya lo verás. No hay carbonería sin felinos y la explicación es simple: el carbón tiene la capacidad de absorber gran cantidad de electricidad y por eso los gatos se acercan para frotarse. Este es un aporte que hizo, por primera vez, el profesor Paulín en 1898 basándose en una serie de experimentos con felinos. «El carbón es un universo químico —decía— y absorbe la electricidad». Si aceptamos que el pensamiento es electricidad todo comienza a aclararse. Es aquí donde aparecen los espejos negros...

—¡Joder! Salvador, no puedes dar validez científica a un estudio realizado hace un siglo...

—No, no voy a detenerme ahora, justo cuando estoy por arribar a la conclusión. Que por lo demás es muy simple. Un disco de mineral, en este caso un fragmento de piedra volcánica, procesado adecuadamente puede absorber electricidad y atraer pensamientos y, en ese proceso, podría convocar imágenes en quienes están cerca y predispuestos...

—Imaginé que hacia allí te dirigías. Con esa lógica, el mineral pulido permitiría reflejar alguna cosa que alguien está pensando... ¿De verdad crees que tal cosa es posible?

—Por ahora solo estoy narrando datos de una investigación realizada por una persona respetable... —Américo se quedó en silencio y comenzó a manipular su teléfono—. Sé lo que estás haciendo. No vas a encontrar nada...

—Si no encuentro nada en internet es porque la investigación del profesor Paulín que describe un fenómeno físico químico de tal relevancia no fue comprobada. De lo contrario, en un siglo se hubiese ampliado y profundizado.

Ahora el que abrió su teléfono móvil fue Salvador, pero más como un acto reflejo que por necesidad de procurar algún dato que sostuviera la hipótesis que acababa de enunciar. Estaba molesto.

—¿Alguna vez escuchaste hablar del espejo de las brujas? —preguntó después de beber un trago de vino.

—Claro, recuerdo unos episodios consignados en crónicas medievales que leí en el Museo de Historia

Nacional. Se habla allí de los llamados «espejos de las brujas», pero nunca me los he tomado muy en serio...

—Pues hiciste mal. Justamente el espejo de las brujas es la aplicación práctica de estas mismas observaciones. A muchas mujeres el uso de esos espejos las condujo a la hoguera. Sin embargo, estoy seguro de que no había nada de sobrenatural en esas prácticas. Te diría más: para ser justo con ellas, podrían calificarse de experimentos científicos.

—Salvador, esos espejos eran parte de la superchería de la época... —intentó interrumpirlo Américo, pero fue en vano.

—Creo que las mal llamadas brujas simplemente contaban con un conocimiento y lo utilizaban. Sabían, por ejemplo, que un hombre apasionado, inclinado sobre el círculo negro, podía vislumbrar a la persona amada, temida u odiada. Hay estudios serios que explican cómo los sentimientos influyen en el pensamiento, y eso no me lo puedes refutar. Una persona sobreexcitada, tal vez con la ayuda de alguna droga, al emanar su electricidad sobre el espejo genera una energía que se haría visible por contraste con la opacidad del objeto mirado. De esa forma, con los espejos negros se podría convocar a quienes son o fueron el origen de nuestro amor, deseo o miedo, como probablemente hicieron nuestras amigas las brujas.

—Salvador, por favor, en verdad ¿tú crees que eso es posible?

—No creo ni dejo de creer, soy un historiador. Lo que planteo es que los espejos negros tenían una utilidad concreta. Esto explicaría su importancia en el culto a Tezcatlipoca y no solo eso: también justificaría por qué los reyes mexicas los llevaban sobre el pecho y por qué muchos condenados al sacrificio eran obligados a asomarse a esos charcos negros para ver sus propios terrores...

Américo soltó una carcajada que incomodó a Salvador.

—No quiero que te encabrones conmigo, me hace gracia verte apasionado por algo que no tiene un fundamento científico sólido...

—No tengo por qué enojarme. Estudio una cultura repleta de señales maravillosas e incompresibles para nuestras mentes del siglo XXI. Solo te digo que la utilización de los espejos negros tenía un sentido concreto para los aztecas. Y que no se trataba de algo sobrenatural sino de un fenómeno químico que dependía tanto de las personas que los manipulaban como de quienes se animaban a participar de la experiencia o eran obligados a hacerlo. Una práctica que, seguramente, dependía de la intensidad y de la entrega de cada sujeto y también de la calidad del espejo.

—Al fin entiendo el porqué de tus reiteradas visitas al museo y el tiempo de observación que le has estado dedicando al espejo. ¿Lograste ver algo?

—Como bien sabes, en el museo no están dadas las condiciones para hacer un experimento en forma rigurosa. El espejo está en un espacio mal iluminado y dentro de una vitrina... y, además, está lleno de visitantes, pero en el último tiempo algo vi. Espero que no te burles de lo que voy a contarte.

Américo le hizo una seña a la mesera para que repusiera la bebida. Ahora las copas de rioja serían dos, y le pidió a su amigo unos minutos para ir hasta los servicios. No solo necesitaba orinar, también quería mandarle un mensaje a su mujer, para que no lo esperara a cenar. No quería abandonar la conversación.

Salvador tomó un trago de vino y sin necesidad de consultar a su amigo pidió una tortilla y una ración abundante de gambas. Sabía que aprobaría la decisión, era mejor hablar de cosas importantes con el estómago lleno.

Cuando Américo regresó, Salvador retomó el relato:

—Debo confesarte que vislumbré algunas imágenes.

Américo amagó con hablar, pero se contuvo. No solía abrir la boca cuando no estaba seguro de hacer algún aporte. Esa actitud lo había convertido, para sus amigos y colegas, en un ser excepcional e indispensable. Alguien con grandes conocimientos pero más predispuesto a escuchar que a emitir era una rareza. Apenas movió la cabeza para que Salvador completara su explicación.

—La mayoría de las veces no veo otra cosa que mi reflejo difuso, y por más que convoque pensamientos con todas mis fuerzas no sucede nada. Pero en una ocasión, sin invocar ninguna imagen en especial, logré ver a mi padre. Recordarás que hace dos semanas suspendí nuestro encuentro a último momento: pues bien, ese día creí ver a mi padre en el momento exacto de su muerte. Él estaba intubado en el hospital y un enfermero se acercó para desconectar su respirador mecánico. Me pareció ver cómo su cara se iba deformando, cómo pedía ayuda y nadie se la daba. Luego todo se fue difuminando alrededor de la escena y el espejo viró a un color escarlata. Un miedo profundo se apoderó de todo mi ser y me descompuse.

—Pudo ser una alucinación, estás obsesionado con esto, o tal vez te dormiste por unos instantes y fue un sueño...

Ante el silencio de Salvador, Américo agregó:

—Imagino que has pensado en estas posibilidades...

—Todo puede ser... Solo espero que consideres, al menos, la chance de que los espejos logren captar parte de la electricidad ambiente que emana de una persona y esta persona pueda ver algo de ese pensamiento reflejado.

—Confieso que me cuesta aceptarlo. He visto el espejo muchas veces y nunca me ha pasado nada...

—Sé que no es fácil de aceptar, por eso dudé en contártelo. Tal vez nunca miraste con la predisposición suficiente o nunca miraste deseando ver. Unos días después volví al museo con la intención de volver a pararme frente al espejo, pero tratando de conectar con cosas más luminosas relacionadas con mi padre: de los años en que todavía no era un hombre triste, agobiado por el exilio. Estuve un largo rato pensando en las tardes en que escuchábamos música juntos. Él me enseñaba a distinguir los distintos instrumentos mientras yo merendaba el chocolate que preparaba mi madre, pero no vi nada.

—¿Has vuelto a ver tu padre?

—Sí, una vez más después de aquella visión espantosa. Apareció primero una sombra y luego se fue haciendo algo más nítida su figura. Estaba manipulando vinilos. Colocó en la bandeja del equipo de música un disco que creí reconocer: el «Concierto número 1» de Tchaikovsky. Hasta me pareció escuchar los primeros compases. Recuerdo que a él le gustaba la interpretación de Arthur Rubinstein con la Sinfónica de Boston. Una vez me contó que al músico no le había gustado la primera versión que leyó de ese concierto, pero que tiempo después llegó a amarla y la incluía en todas sus presentaciones. «No hay que dejarse llevar por las primeras impresiones», me decía. Fueron algunos segundos, mi padre y su música, y todo desapareció en medio de destellos azules.

—¿Antes escarlata, ahora azul? Joder, si hasta ves en colores... —dijo Américo con un dejo de ironía que Salvador dejó pasar, concentrado en atacar con su tenedor la última gamba.

—Me toca «la vergüenza del gallego...»

Américo consintió con una inclinación de cabeza y preguntó:

—¿Y qué más tienes?

—Eso es todo, mi querido Américo. Si bien no me voy a arriesgar a que me tomen por loco, voy a seguir estudiando todo lo que pueda sobre los espejos negros. Te digo más: voy a hacer lo posible por tener un espejo cerca para realizar una prueba.

Habían dado cuenta de unas raciones de tortillas y gambas que la mesera había ido reponiendo. Salvador propuso que bebieran un trago antes de despedirse. Américo pidió dos gin tonics con lima y, por primera vez en la noche, mencionó algo que abonaba la osada teoría de su amigo.

—Creo que esto que voy a contarte te puede interesar. Hablamos varias veces sobre John Dee, el consejero de la reina Isabel que se hizo del espejo negro de Felipe II. Pues bien, cuentan que tenía un método para comunicarse con «el más allá». Más específicamente con ángeles y espíritus. Entre otros elementos, utilizaba el espejo azteca que ahora está en el Museo Británico. A pesar de que era un científico importante, fue estigmatizado durante siglos por esas prácticas.

—No conozco nada sobre el uso de espejos negros en la corte inglesa. Necesito saber más sobre Dee —rogó Salvador— y si existe algún registro de sus experimentos. ¿Me podrás ayudar?

—Lo voy a hacer con gusto, siempre me ha interesado Dee. Hay mucho publicado sobre él y yo no he indagado lo suficiente. Además, tu entusiasmo es contagioso —dijo Américo con la vista perdida en el fondo de su copa—. Debo reconocer que, si bien todo me parece un gran dislate, tus espejos son mucho más que un mejillón en el mar.

11

Mientras cumplía con su horario de venta, Blanca Rosa había visto entrar a Ramón muchas veces a El Toro, en general, acompañado por alguno de sus hombres de mayor confianza. Siempre hacía lo mismo, saludaba a don Cosme, un viejo correntino que atendía la barra, y le pedía una cerveza helada que bebía allí mismo. Luego, Ramón pasaba por el baño, seguramente para darse un pase de merca. Minutos más tarde salía hacia la calle sin detenerse. Blanca Rosa había notado que, en ese doble recorrido, le dedicaba alguna mirada.

Una de esas noches, Ramón entró solo y en lugar de avanzar hasta la barra, fue a sentarse directo frente a ella. «Blanca, quiero hablar con vos», le dijo. Difícil saber si la frase era una invitación o una orden, pero a Blanca Rosa no le importaba. Soñaba desde hacía tiempo con esa posibilidad. De cerca, la cara de Ramón se le hizo más luminosa. Los ojos negros miraban con profundidad, dulces y desafiantes. Ojos negros del color de la obsidiana, pensó. Desde ese instante supo que nunca le diría que no. Que de alguna manera lo había estado esperando.

Ramón hacía tiempo que pensaba en ella. Lo confundía su presencia silenciosa y la eficacia de la que hablaban todos. Los movimientos de Blanca la hacían parecer frágil, pero bastaba oírla hablar para desterrar cualquier rasgo de debilidad. Ahora que la tenía enfrente no podía dejar de mirarla, era hermosa. El cabello lacio, largo y negro, enmarcaba una cara de rasgos finos: una boca bien definida con un labial rojo, la nariz levemente respingada y los ojos verdes que se destacaban sobre la tez morena. En un momento ella apoyó los codos sobre la mesa y Ramón recordó una foto de su madre cuando era adolescente: estaba acodada en el banco de una iglesia antes de tomar la comunión. Le costó unos minutos encarrilar la conversación. Esta vez, Ramón Villalba, el joven intrépido que solía actuar con rapidez, decidió avanzar muy lentamente.

—¿Cómo fue que llegaste al barrio?

—Es una historia muy larga —respondió Blanca Rosa sosteniéndole la mirada— y no da aburrir.

—No me voy a aburrir. Quiero saber todo de vos...

Conversaron primero en español y luego en guaraní hasta la madrugada. Entonces Ramón la invitó a pasear en su moto por la costanera. Blanca Rosa dudó en aceptar, nunca se había subido a una motocicleta, incluso fue hasta el baño antes de responder. Cuando volvió, estaba decidida. Ningún temor podría obligarla a acortar el encuentro.

Salieron juntos del bar y subieron a la Zanella, que estaba a pocos metros de la puerta. El primer contacto con el cuerpo de Blanca Rosa sorprendió a Ramón. Otras mujeres se habían tomado de su cintura desde el asiento de atrás, pero era la primera vez que sentía que el abrazo obligado del acompañante, más que aferrarse para no caer, en realidad lo sostenía.

Cuando llegaron a la altura de los carritos de la costanera compraron helados de frutilla y se quedaron viendo el río como dos adolescentes. Eligieron ese sitio para contarse sus historias de vida, pero de manera edulcorada. Él omitió sus delitos recientes, su vida violenta y su infancia de privaciones. Ella ocultó las violaciones reiteradas y el crimen cometido en Ciudad del Este. Sí le contó que se había escapado de la casa de su abuela y que sus padres habían muerto. La tristeza le cruzó la cara y Ramón no pudo frenar el impulso de abrazarla.

Sentados en la baranda costera, pasaron varios momentos sin decir una palabra. Nacía el amor, y el silencio no los incomodaba. Él, que estaba acostumbrado a mandar sin dar explicaciones, estaba pendiente de cada gesto y trataba de no hacer nada que pudiese alejarla.

Cuando llegaron a la casa de la Bebe, antes de despedirla, Ramón la besó suavemente en los labios y le prometió que iría a buscarla al día siguiente.

Blanca Rosa tardó en dormirse. Había visto a un hombre como Ramón en la piedra negra, apenas unas noches antes del encuentro. Surgió desde la oscuridad de la obsidiana, rodeado de un halo azul, cuando estaba intentando evocar a su madre. Ahora comprendía que esa visión había sido un anuncio que no supo interpretar. El producto de muchos momentos frente a la piedra tratando de distinguir imágenes familiares. Se durmió con la sensación de que lo había invocado, y eso la intranquilizó. Recordaba la advertencia de su abuela, la obsidiana cobraba *hepy* los pedidos.

Blanca Rosa les contó a sus amigas la irrupción de Ramón en su vida con cierto temor. Maruca la felicitó, pero no se privó de hacerle una advertencia: «Tendrás que andar con cuidado, es un tipo peligroso», y enseguida la abrazó. Compartían la certeza de que nada podría romper el lazo que las unía. La Bebe fue más cauta, se sumó al abrazo sin hablar. Le daba un poco de bronca que el hombre al que se quería coger desde que lo había visto por primera vez hubiese elegido justo a alguien cercano a ella. Con el correr de los días, se relajó. A Blanca Rosa se la veía feliz, y eso la alegraba. Sabía por Maruca el calvario que había vivido en casa de su abuela en Ciudad del Este. Se merecía que alguien la quisiera y la cuidara.

La historia entre Ramón y Blanca Rosa fue vertiginosa. Se veían cuando podían, muchas veces en la madrugada. Había regalos y paseos en moto, pero también días en los que Blanca se quedaba esperando en vano al final de su turno y Ramón no aparecía. Todo cambió cuando el líder de los Sampedranos la invitó a mudarse con él.

Su casa estaba a unos quinientos metros de donde vivían las tres amigas. Desde afuera parecía tan modesta como el resto de las viviendas que la rodeaban, ni siquiera estaba pintada, pero adentro se podían apreciar algunos lujos. La puerta de calle daba a un living amplio, con un sillón doble, que estaba colocado frente a un plasma de cincuenta y cinco pulgadas. Al costado, una mesa con cuatro sillas y detrás de una pequeña barra se extendía una cocina muy bien equipada. No había cuadros ni imágenes en las paredes. En la planta alta estaba el dormitorio, con el mueble que más le gustaba a Blanca: una enorme cama con colchón king size. También un placard de toda una pared, cuya capacidad habían repartido equitativamente. El baño también era grande y con grifería moderna. Se destacaban una bañera donde entraban cómodamente dos personas y un gran espejo sobre el lavabo. En el techo había una suerte de trampilla que permitía acceder a la terraza.

Hacían el amor a cualquier hora y de todas las maneras. Sus cuerpos se acoplaban a la perfección. Ramón le fue quitando con su atención y cuidado el recelo que la acompañaba desde Paraguay. A pesar de que le costaba expresar lo que sentía, el sampedrano estaba perdidamente enamorado y eso lo hacía dulce y suave en el trato, aunque hacia afuera su imagen expresaba todo lo contrario. «Vos que sos devota del Gauchito tenés que agradecerle. Un hombre suave es un hombre que entiende», le dijo Maruca.

Algunas noches, Ramón se dejaba leer algún cuento de los libros que ella tomaba prestados de la biblioteca comunitaria del barrio. Él sabía leer y escribir, pero no le gustaba «perder tiempo con historias fantasiosas». Sin embargo, adoraba quedarse dormido arrullado por la voz de su compañera. Sus preferidos eran los *Cuentos de la selva,* de Horacio Quiroga. Algunos relatos los había aprendido de memoria de tanto escucharlos. Lo transportaban a un paisaje amenazante. Ramón se identificaba con el cazador que era salvado por la tortuga gigante y adoraba la historia del combate entre los tigres y las rayas que defendían a un hombre herido en el relato «El paso del Yabebirí». Se imaginaba a sí mismo dando batalla a los grandes felinos con una carabina de caza.

A Blanca, en cambio, esos cuentos le gustaban por otra razón: la acercaban al mundo de su infancia. Los animales de la selva la representaban, se comportaban según la necesidad y, al mismo tiempo, con nobleza, lo que los hacía a sus ojos muy superiores a los humanos. Además, ese libro era uno de los primeros que había leído en la Biblioteca Municipal de Ciudad del Este.

Con la mudanza, Blanca Rosa dejó de limpiar casas y abandonó su puesto de venta en El Toro para convertirse en la mano derecha de su novio. En pocos meses, como era muy buena con los números, se hizo cargo de toda la contabilidad clandestina de la organización y puso en marcha un sistema de cobros discreto y eficaz. Se entendía con traficantes y dealers como si se tratara de compradores de un bazar. Era infalible para detectar robos o fallas, y Ramón no dudaba a la hora de imponer sanciones económicas o de las otras.

No había piedad ni para los atrevidos ni para los inútiles. Después de la sorpresa inicial provocada por su ascenso la mayoría de los Sampedranos empezaron a respetarla, esencialmente porque facilitaba el trabajo de todos.

Aunque no vislumbraba ninguna amenaza en el horizonte, Ramón le propuso a Blanca Rosa que aprendiera a usar una pistola. Sabía que su mujer podía ser letal con la navaja que llevaba a todos lados, pero que aprendiese a disparar lo dejaba más tranquilo. «Es mejor tener un arma y no necesitarla, que necesitarla y no tenerla. Ahí está la diferencia entre vivir y que te maten», le dijo. Ramón le transmitía, en frases simples y contundentes, una suerte de manual de defensa personal que Blanca Rosa iba incorporando como una alumna aplicada.

No fue difícil convencerla, ella entendía perfectamente que el juego en el que había ingresado, por decisión propia, implicaba riesgos. Ramón la entrenó durante dos meses. Practicaban tiro en un descampado de la zona sur que daba al río. Blanca aprendió a disparar y, al poco tiempo, lo hacía con notable destreza. Cuando consideró que estaba lista, Ramón le regaló una pistola Glock 17, compacta y pequeña, fácil de ocultar entre la ropa.

Un hecho reveló su cambio de rol entre los Sampedranos. Descubrió que en uno de los búnkeres se volvía a estirar la cocaína recibida y que se quedaban con la diferencia de plata que recaudaban con esa operación. Como Ramón no estaba en el barrio, Blanca Rosa decidió encarar a los dos vendedores infieles sin esperarlo ni avisarle. Fue hasta el búnker y pateó la puerta hasta que le abrieron. Les dijo que si volvían a robar no perdería tiempo en acusarlos con el jefe: «La próxima vengo y los mato», les dijo. Quienes escucharon la amenaza comprendieron de inmediato que era tan real como la pistola que se movía ante sus ojos.

Si bien «la mujer de Ramón» solucionaba muchas cuestiones prácticas de la banda, algunos estaban alarmados por el poder creciente que acumulaba. Más allá de cualquier duda o recelo, después del asesinato del Mono Giménez nadie estaba dispuesto a desafiar abiertamente la conducción de Ramón, y eso incluía a su compañera.

Nito, al principio y desde la cárcel, cuestionó a su hermano por esa unión que consideró precipitada. En una de las visitas, le dijo claramente que no era momento para distraerse con una mujer. Pero como la relación no alteró la actividad de Ramón sino que, por el contrario, los negocios prosperaban, empezó a pensar que la aparición de Blanca Rosa había sido providencial y beneficiosa para todos.

Era clave consolidar la organización durante su ausencia y obturar cualquier otro desafío a su liderazgo. Los nuevos abogados que había contratado su hermano no le aseguraban cuándo podría volver a la calle, y su situación procesal seguía siendo complicada. Además, lo habían trasladado a la cárcel de Ezeiza, donde su influencia sobre los guardias era más limitada y lo obligaba a negociaciones constantes y pagos imprevistos.

En la vereda de enfrente, la banda de los peruanos recibió la aparición de Blanca Rosa con una mezcla de curiosidad e indiferencia. Con el correr de los meses empezaron a prestarle cada vez mayor atención. Se movía como un jefe, y en el barrio eso era algo fácilmente reconocible.

Al principio, el Loco Nantes interpretó su ascenso como un gesto de debilidad de los Villalba y se permitió todo tipo de burlas. Como al momento de la detención de Nito los noticieros lo habían calificado como «El Rey de la droga de la Villa 31», Nantes empezó a llamar a Blanca Rosa, irónicamente, «la Rey». Era una manera de menospreciar a Ramón diciendo que en realidad era ella la que mandaba en ausencia del verdadero capo: Nito Villalba.

Fue por esos mismos días en los que el Loco Nantes comenzó a barajar la posibilidad de quedarse con todo.

12

«Hay que darle trámite al asunto. Que sepan que nadie nos lleva puestos», dijo el Loco Nantes cortando así la discusión entre sus principales colaboradores. Todos los domingos por la noche la plana mayor de la Gente del Pueblo se reunía a cenar en Las Palmas, el bodegón que ofrecía la mejor comida peruana de la Villa 31. Esta vez contaban con un invitado especial: Jaime Gabriel Salazar, un primo de Nantes, con pasado militar en la organización Sendero Luminoso. Salazar les había anunciado que se quedaría unos meses en Buenos Aires para contactar a «camaradas argentinos» dispuestos a colaborar en la reconstrucción de una red de apoyos sudamericanos para su organización. En la época de esplendor de la guerrilla peruana, Salazar había estado a cargo de grandes operaciones, como la toma de pueblos y acciones de sabotaje. Como si no hubiesen pasado tres décadas de aquel momento, el camarada Salazar les dijo: «El sueño de Abimael Guzmán no está muerto, huevones, está dormido y hay que despertarlo».

Aunque lo escuchaban con respeto y en silencio, al Loco Nantes y a sus hombres les preocupaban otros negocios más inmediatos y factibles que la creación de una «República Popular de orientación marxista-leninista-maoísta». Mientras daban cuenta de unos suculentos platos de ají de gallina, pasaron de la «rebelión campesina» a discutir la supremacía en el barrio.

Nantes estaba indignado con la decisión de Ramón y los Sampedranos de sumar a su control un puesto de venta ubicado cerca del playón de ingreso a la 31, una zona que tácitamente los dos clanes habían dejado afuera del negocio por la gran presencia de mujeres y niños durante el día. No vender droga allí era parte de un acuerdo global con la policía. Ramón no les había consultado ni avisado de la movida, directamente instaló un búnker en lo que había sido una pequeña verdulería, que ahora estaba tapiada con maderas. En consecuencia, extendió su influencia a la zona lindera con la Terminal de Ómnibus.

Hasta ese día, el barrio estaba equitativamente repartido entre los dos grupos, aunque los paraguayos controlaban lo que se consideraba la mejor mitad. Luego existían zonas «descontaminadas», como el ingreso al playón y la canchita de fútbol. También existía un sector en disputa permanente, al que la policía denominaba «La Frontera». Unas pocas manzanas, ubicadas en el límite de los dos territorios. En general, los choques o los ajustes de cuentas se perpetraban siempre allí.

—Deben tener el okey del comisario Luongo, no creo que Ramón se haya cortado solo —dijo el Negro Cabeza, el principal lugarteniente de Nantes.

—Da igual. No voy a bancar más pendejadas de ese hijo e' puta. Hay que aprovechar que el Nito está guardado y darle una lección —dijo el Loco. Y, ante la mirada incrédula de sus hombres, agregó—: apuntar directo a Ramón o a su costilla. No me extrañaría que la Rey le haya lavado el coco. Se nota que esa flaca es más zarpada que él.

Fue el Negro Cabeza el que se animó a buscar una confirmación:

—¿Decís que nos carguemos a la Rey? —preguntó—. Eso es declarar la guerra...

—Lo que no puede pasar es que nos quedemos con los brazos cruzados, hay que hacerlos cagar —completó el Loco Nantes e hizo una pausa, pidió con un gesto que le sirvieran otro vaso con cerveza helada y prosiguió—: Le podemos soplar la dama. Levantamos a la Rey y la dejamos guardada unos días. Ramón está templado de esa flaca y se sentará a negociar. Cuando esté manso y obediente, la soltamos con el compromiso de que se guarden en su zona y que ellos dos se vayan del barrio o los limpiamos.

Tito Loruso, el cuarto de la mesa y el único argentino integrado a la conducción de la banda, celebró la idea:

—Me gusta. Es fácil y sin tiros, está muy bien —dijo.

Jaime Salazar, que llevaba un buen rato en silencio, meneó la cabeza sin levantar la vista de su plato:

—Es una pendejada. Una pérdida de tiempo. Parecen chibolos jugando a hacerse los malos —dijo.

La frase sonó a desafío y abrió un tenso intercambio:

—¿Qué harías, primo?

—Terminar el problema.

—¿Cómo?

—Simple. Mandaría a los Sampedranos donde tienen que estar, con San Pedro.

Salazar bebió otro sorbo de cerveza sin inmutarse.

—¿Matarlos?

—Sí. A todos los mandoncitos que siguen jodiendo: los que deciden y los más pesados, para que ni sueñen en organizar una venganza. No deben ser muchos, apenas cuatro o cinco gatos, ¿no? Con eso no va a quedar nadie más que los joda.

—¿Y al Nito? —preguntó Nantes, casi con delicadeza.

—Seguro. Es el más fácil. ¿Ese huevón no está guardado en Ezeiza? Hay que contactar a los guardias indicados, le das su propina, y que lo manden al otro lado.

—Es una cárcel de máxima seguridad... Es muy arriesgado, nos va a caer toda la policía encima.

No era frecuente ver vacilar al Loco, pero Salazar lo arrinconó con su lógica.

—Ya pe, no se haga el huevón. ¿Tiene negocios con los *tombos* hace años y me va a decir que no le pueden dar un día libre para hacer una barrida? Si ellos van con su tajada...

—Matarlos a todos...

—Sí, primo, nos arreglamos... A Nito, a Ramón, a su mujer y a todos los que puedan joder.

El Loco Nantes hizo silencio por unos segundos. Luego levantó su copa y todos brindaron sin decir palabra. Estaba decidido.

A partir de esa charla, el jefe de los peruanos dedicó las dos semanas siguientes a preparar la logística de esa «operación de exterminio», como la llamaba su primo, más acostumbrado a la jerga militar. A sugerencia de Salazar, solo los presentes en aquella cena debían conocer los detalles del golpe. Lo primero que definieron fue la fecha del ataque: la noche del viernes 13 de mayo.

Un ataque múltiple de esa naturaleza implicaba la ruptura total de los acuerdos establecidos por las dos bandas. Lo imprevisto de la acción era lo que la hacía inimaginable para los Villalba. Llevaban una década de tensa convivencia con la Gente del Pueblo, pero más allá de algunos cruces esporádicos, cada cual atendía sus negocios. Los hechos violentos referían más a disputas personales que a la histórica rivalidad entre las dos bandas. Nada hacía pensar que algo podía quebrar una paz blindada por la conveniencia.

Ramón Villalba estaba más ocupado en anticiparse a una eventual acción destituyente, organizada por algún compatriota díscolo, que en imaginar un ataque de los peruanos. Además, estaba enamorado y, como decían en el barrio, eso no ayuda cuando hay que estar atento.

13

El viernes 13 fue un día como cualquier otro en el Barrio Padre Mugica. A media tarde comenzó a caer una llovizna persistente que fue despejando las calles de su habitual algarabía en la previa del fin de semana. Hasta la cumbia que brotaba por todas partes con su ritmo pegadizo pareció replegarse. El invierno del sur mandaba señales de su inminente llegada con los primeros fríos intensos.

A las veintidós, el Loco Nantes reunió a sus hombres en su casa. Eran los elegidos para ejecutar la misión más importante organizada por la Gente del Pueblo desde su creación y quería que estuviesen orgullosos de la tarea que iban a cumplir. Eso les dijo el jefe con el objetivo de sumar algo de mística al ataque que habían planificado y estaban por ejecutar.

Después que repasaron cada uno de los detalles del plan, tomó la palabra Jaime Salazar. Era evidente que la arenga inicial de su primo le había parecido insuficiente. Les pidió a los presentes que se pusieran de pie y luego les soltó un discurso:

—Paisas, quiero que entiendan bien qué vamos a hacer esta noche, porque no se trata de una pelea por el territorio o los negocios. Esta noche vamos a poner orden y justicia donde hay anarquía. Hoy cortaremos las hierbas venenosas. Aplastaremos a estas víboras. Reventaremos el pus para liberar al cuerpo de su infección —hizo una pausa para comprobar que todos seguían sus palabras con la suficiente atención y agregó—: Paisas, ¡vamos a cortar la ponzoña de raíz! —gritó exaltado.

No había mucho para agregar. «Al primo» le gustaban las metáforas y el grupo se había acostumbrado a sus encendidas peroratas. Por lo demás, todos sabían muy bien qué tenían que hacer y cómo. Habían decidido conformar tres grupos a las órdenes del Loco, Jaime Salazar y el Negro Cabeza, respectivamente. Tomaron las armas que estaban en la habitación del fondo y salieron a la calle.

El viernes 13 fue un día como cualquier otro en el Complejo Penitenciario Federal de Ezeiza. A las 23, Nito Villalba ya estaba en su celda de dos por tres metros. Era uno de los dos mil detenidos alojados allí. No el más poderoso, pero sí uno de los presos que contaba con privilegios a los que muy pocos accedían. No bien volvió del comedor tuvo tiempo de hablar con su hermano. Contaba con un teléfono móvil y el aval de los guardias para utilizarlo cuando quisiera.

Esa noche no se quedó en la sala común en la que se reunía con algunos de los detenidos VIP con los que tenía mejor relación. En especial, un ex juez salteño condenado por su connivencia con narcos, un ex banquero que había defraudado al fisco y un funcionario acusado de malversación de fondos públicos. Con ellos solía cerrar la noche jugando dos o tres partidas al truco. Le divertía mucho ese juego: era un especialista en mentir para ganar.

Esta vez, Nito aprovechó el tiempo para hablar con Ramón sobre la posibilidad de ampliar sus negocios a otras villas de la zona sur de la ciudad donde vivían Sampedranos. También le indicó que presionara a sus abogados para que le consiguieran la detención domiciliaria cuanto antes. Ramón lo tranquilizó, le contó que ya les había entregado la mitad de la plata que le habían pedido para el juez y esa misma noche se reuniría con ellos para arreglar el pago del resto. La decisión no podía demorar. Después de la charla, un poco más tranquilo, Nito se fumó un porro y se acostó.

Sus compañeros de pabellón aseguraron ante el fiscal que les tomó declaración que se lo veía alegre y tranquilo. Coincidieron en que Nito se fue a acostar más temprano que de costumbre porque al día siguiente jugaba un partido de fútbol y quería estar bien descansado. Era un compromiso de honor y, como en todos los aspectos de su vida, su objetivo era el mismo: ganar. Solo por esa razón había aceptado el desafío que le hicieron los del Pabellón 5.

Nito tenía claro que no solo la violencia directa servía para dirimir supremacías durante el encierro, también esa batalla acotada que es el fútbol. Además, se tenía mucha confianza. Si bien hacía tiempo que no jugaba y estaba excedido de peso, siempre se había destacado con la pelota y estaba seguro de poder demostrarlo en la cancha del penal. De pibe había jugado en las divisiones inferiores del Sportivo Luqueño, incluso en algún momento hasta pensó en convertirse en jugador profesional. Con el tiempo fue perdiendo el entusiasmo y se acostumbró a ganar plata sin usar las piernas. «Nadie se olvida de jugar al fútbol, y eso es muy bueno», pensó antes de ingresar al sueño profundo del que nunca despertó.

Los guardias que hicieron la requisa de rutina a las seis de la mañana lo encontraron colgado de las barras del pequeño ventanal de su celda con las tiras de una sábana desgarrada. Una verdadera proeza dada la falta de altura para hacerlo. «Cuando alguien se quiere matar se mata», dijo sin alterarse el director del penal cuando el fiscal de turno expresó sus dudas.

El viernes 13 fue un día como cualquier otro para Ramón. Después de hablar con su hermano, se dirigió a El Obrero, un bodegón de La Boca, para cenar con los abogados que los asesoraban. Cuando llegó, ellos ya habían pedido el vino y una porción de rabas. Lo saludaron con una efusividad que a Ramón le resultó excesiva para ser la tercera vez que se encontraban. Los tipos no le caían bien, desconfiaba de la gente que solo hacía cosas por dinero. Eso lo obligaba a estar siempre en guardia, no era sencillo separar lealtad de conveniencia en un entorno como el suyo. Hasta que lo detuvieron, había sido Nito el que se entendía con ellos. Más allá de sus reparos, Ramón tenía claro que los necesitaba. Pinchó una raba con el tenedor y la untó con salsa tártara antes de engullirla. Luego les confirmó que, en la mañana siguiente, recibirían en su estudio jurídico el resto del dinero que les habían pedido. «En dólares cash», les dijo.

Luego, sin mirar el menú, le pidió al mozo un bife de chorizo con papas fritas. Los dos abogados lo imitaron, pero cambiando el acompañamiento por ensalada. Les planteó que Nito exigía estar de vuelta en su casa antes de fin de mes.

—Quiero que le digan a «Su Señoría» que, si aportamos generosamente a su jubilación, resuelva rápido. Mi hermano no aguanta más...

Uno de los abogados se comprometió a apurar el dictado de la prisión domiciliaria. Le explicó que para firmar el juez solo necesitaba contar con los certificados médicos que indicaban que el detenido sufría una enfermedad cardíaca y que esos papeles ya estaban en su portafolio.

Ramón lo escuchaba atentamente cuando en la pantalla de su teléfono apareció el número de Blanca Rosa. Atendió la llamada sin dudarlo, la de su novia era la única interrupción que siempre aceptaba.

Más que las palabras, la forma en la que hablaba su mujer lo hizo abandonar la mesa y caminar hasta la vereda. El mensaje era tan sorpresivo como alarmante:

—Ramón, me acaban de avisar que atacaron a tiros El Toro. Dicen que mataron a don Cosme y a otros más...

—Andá para el Almacén de Cielito, es peligroso que te quedes en la casa. Nos vemos allá —dijo, y cortó la comunicación sin esperar respuesta.

Ni pensó en volver a entrar al restaurante. Su campera quedó colgada en el respaldo de la silla. Blanca Rosa estaba en peligro. Por primera vez en su vida Ramón sintió miedo.

14

Lo primero que descubrió Américo sin mayor esfuerzo fue que John Dee más que dueño de una biografía era dueño de una leyenda. Él conocía al personaje, pero nunca lo había estudiado en profundidad. Dee había nacido el 13 de julio de 1527. Fue consejero de la corte de Isabel I, supo amasar una fortuna y, sin embargo, murió en 1608 en la pobreza. Logró conformar una de las mayores bibliotecas de Europa, que terminó robada y desmantelada. Fue matemático, astrónomo, astrólogo, alquimista, experto en navegación y ocultista. Y, efectivamente, había dedicado sus últimos treinta años a tratar de comunicarse con ángeles y espíritus utilizando distintos elementos, entre ellos, el espejo negro que tanto entusiasmaba a Salvador.

Para presentarle su informe, Américo había aceptado ir a desayunar a casa de su amigo un sábado antes del horario de apertura del museo. Salvador vivía en un amplio piso en Lavapiés. Después de los saludos se ubicaron frente a la mesa del comedor. El profesor había colocado sobre el mantel la cafetera, una lechera pequeña, platos con pan tostado, media docena de croissants, potes de manteca y dulce de leche (que conseguía en una tienda de productos argentinos, donde también compraba yerba mate).

Salvador sirvió el café en los dos tazones y dejó que su amigo administrara la cantidad de leche con la que iba a cortarlo. Discutieron un momento sobre los toros: Américo seguía asistiendo a Las Ventas aunque con menos entusiasmo ante la falta de toreros destacables, mientras que Salvador carecía de la mínima empatía con la tauromaquia que, por cierto, le parecía una actividad cruel. «Claro, hombre, si yo también estoy en contra de las corridas, lo que pasa es que me encantan», lo desafiaba Américo.

Recién en la segunda ronda de café, la charla se centró en el matemático inglés.

—El problema con Dee no es la falta de información, sino el exceso —aclaró Américo—. Hay una decena de libros sobre su vida, pero eso es apenas el comienzo. Su figura atraviesa la literatura con sorprendentes apariciones y singular vigencia. Es persona y es personaje.

—Explícate mejor —pidió Salvador mientras hundía un croissant en el tazón de café con leche, algo que su amigo consideraba una herejía que había terminado por tolerar después de interminables discusiones sobre buenos modales.

Américo ignoró la provocación y prosiguió:

—El primer registro lo relaciona con William Shakespeare. Según algunos estudiosos, el singular señor Dee pudo ser una importante referencia a la hora de definir el carácter de Próspero en la obra *La tempestad*. A partir de allí, he podido comprobar que sus apariciones literarias son incesantes.

Américo abrió su teléfono y comenzó a leer:

—Dee es uno de los principales personajes de la novela de Gustav Meyrink, *El ángel de la ventana*. En el famoso libro *El horror de Dunwich*, Lovecraft acredita a John Dee con la traducción del *Necronomicón* al inglés. Dorothy Dunnett en *The Ringed Castle* lo representa como un matemático y astrólogo que colabora con la reina Isabel. En la novela de Michael Moorcock *Gloriana, or The Unfulfill'd Queen*, Dee es el único personaje real que aparece en la historia. Hasta en *El péndulo de Foucault*, de Umberto Eco, el enigmático Dee es un actor central en la conspiración de la que habla el libro.

—Impresionante. ¿Hay más?

—Mucho más. Solo estoy mencionando las más destacadas: es el personaje principal en la novela de Peter Ackroyd *The House of Doctor Dee* y lo mismo ocurre en la historia de Robin Jarvis, *Deaths Cent*. Es uno de los antagonistas de la serie fantástica de Michael Scott, *Los secretos del inmortal Nicolás Flamel*. Además, aparece en numerosos libros juveniles.

—Por lo que veo, siempre haciendo de mago malvado y misterioso...

—No lo culpes. Dee es, en términos literarios, lo que puede definirse como el villano perfecto. Sumo el aporte que hizo mi hijo cuando se enteró de que buscaba registros de Dee: existen varios videojuegos que lo tienen como protagonista. Si algo está claro es que su fama nos sobrevivirá largamente a los dos.

—Sorprendente. Como personaje de ficción solo lo recordaba por su aparición en la película *Elizabeth: la edad de oro*. Jamás voy a olvidar la gran interpretación que hizo Cate Blanchett como la Reina Isabel —agregó Salvador.

A esa altura Américo era consciente de que no le estaba brindando a su amigo un aporte extraordinario con un racconto que bien podía encontrar en internet, pero los cruces entre Dee y el arte le parecían un prólogo maravilloso.

Después de escucharlo atentamente, Salvador se acercó a una batea repleta de vinilos, eligió uno y lo colocó bajo la púa. Cuando el sonido explotó en los parlantes, le enrostró a Américo lo que calificó como una imperdonable omisión.

—Tengo que decir que tu informe no es completo, olvidaste contar lo más importante. Esta canción se llama «El alquimista», pertenece al álbum *The Final Frontier* de Iron Maiden y, como ya te imaginarás, cuenta la historia de John Dee. Convertirse en canción de la mayor banda británica del heavy metal sí que equivale a alcanzar la gloria eterna —dijo con impostada solemnidad. Luego apagó el equipo y prometió no volver a interrumpirlo.

Américo entonces sugirió pasar a los sillones y retomó el informe:

—Vamos a lo importante. Dee tenía una mente privilegiada, y eso es irrefutable. Ingresó en la Chelmsford Chantry School y a los quince años estudiaba matemática y astrología en el St. John's College de la Universidad de Cambridge. Consideraba que la matemática era esencial para entender el universo. Estaba convencido de que los números eran la base de todo y permitían comprender las otras artes y las ciencias. Para Dee la mismísima creación era un acto de numeración.

—No imaginaba que su conocimiento de las matemáticas fuese tan relevante...

—No solo eso, también se destacó como astrólogo y astrónomo, tenía grandes conocimientos en navegación. Escribió varios tratados que potenciaron la expansión de la Marina Real. Hasta se le atribuye haber creado el concepto «Imperio británico» y dotado de fundamento a los reclamos del Reino Unido sobre el llamado «Nuevo Mundo».

—Parece que iba a por todo... —interrumpió Salvador—. ¿Se puede decir que fue un precursor para los políticos imperialistas o es una exageración?

—Ocurre, querido amigo, que es imposible sintetizar la variedad de intereses del doctor Dee, esencialmente porque no tenía prejuicios, iba de la política a la navegación, de la magia a la ciencia, de la religión al ocultismo.

—¿Realmente era mago?

—No precisamente. Las primeras acusaciones de brujería con las que cargó toda su vida tuvieron origen en un juego. Como le interesaba la mecánica, llegó a construir un escarabajo volador tan real que asustó a los incautos. Por esa razón, supongo que le atribuyeron dotes de mago desde muy joven.

—Quiero sumar una curiosidad: el apellido Dee proviene del vocablo galés «du» que significa «negro». Se ve que nuestro amigo era oscuro y estaba predestinado al misterio —dijo Salvador, satisfecho por el efecto de su pequeño aporte.

—Perdón, ese detalle se me escapó —dijo Américo con un dejo de ironía—. Lo que sí puedo decirte es que estaba predestinado a los problemas. Por calcular el horóscopo de la reina María Tudor y hacérselo conocer a su hermana menor Isabel I, casi pierde la cabeza. La reina, enfurecida, lo acusó de traición y fue detenido, pero logró ser exonerado. Con el tiempo llegó a ser uno de sus principales consejeros.

Salvador ofreció otra ronda de café, que Américo rechazó. Luego acordaron concentrarse en cómo fue que comenzó a ejecutar sus experiencias paranormales.

Américo contó entonces que hacia 1580 el doctor Dee no pasaba por su mejor momento: su influencia en la corte iba decreciendo y varias de sus propuestas, como la revisión del calendario, habían sido desechadas.

—En ese momento empezó a prestarle mayor atención a lo sobrenatural como medio para lograr un mayor reconocimiento. Decidió tratar de contactar con los espíritus a través de un mediador. Decía que quería invocar a los ángeles para alcanzar una comprensión trascendente de las formas divinas, lo que él llamaba «las verdades puras».

—¿Alguien acompañaba sus planteos?

—Una persona en especial. En esa época aparece en su vida un personaje complejo: Edward Kelley. Algunos historiadores británicos aseguran que el tipo era un cínico y un mentiroso, aunque están quienes son partidarios de la teoría del autoengaño en Dee. Es a partir del encuentro con Kelley cuando comienza a dedicar gran parte de su tiempo a realizar distintas acciones de contacto con «el más allá».

—Me sorprende que no los hayan calificado de herejes. Por entonces, la Iglesia Católica era muy poderosa en Europa...

—John Dee se anticipaba a esos posibles ataques aclarando que los intentos de contacto con entidades espirituales se realizaban «con intensa piedad cristiana», lo que incluía oraciones y ayunos previos —explicó Américo.

—Leí que utilizaban una suerte de bola de cristal. ¿Es cierto?

—Sí, pero creo que no deberíamos juzgarlo por eso. Tal vez era solo «parte del show». Sobre esa etapa he encontrado algo que te va a encantar —Américo hizo una pausa, de las que se hacen en teatro para captar la atención del público, y prosiguió—: Parece que, en uno de esos diálogos con el mundo espiritual, Kelley le dijo a Dee que el ángel Uriel le había ordenado que compartieran sus posesiones, incluidas sus esposas. Esto causó gran angustia en Dee, que doblaba en edad a su esposa y estaba loco por ella, pero finalmente aceptó la propuesta.

—Imagino que a pesar de los celos que le provocó la idea de su compañero no quiso contradecir «una orden angélica» —dijo Salvador, esta vez sin ironía.

—Es probable. De todas formas, el acuerdo no duró y la sociedad entre los dos amigos se rompió. El doctor Dee interrumpió las conferencias inmediatamente y regresó a Inglaterra en 1589, mientras que Kelley pasó a ser el alquimista del emperador Rodolfo II, archiduque de Austria.

Aquí Américo detuvo su relato con una pregunta:

—¿Te interesa un dato propio de la revista *Hola*?

—Claro, me encantan los chismes —respondió Salvador.

—Nueve meses después de la ruptura de la relación con su socio, la esposa de Dee tuvo un hijo a quien bautizaron Theodorus Trebonianus. Algunos historiadores consideran que bien pudo ser hijo de Kelley, ya que Dee tenía sesenta años en ese momento y su ex compañero treinta y dos.

—No haré comentarios sobre algo que pasa hasta en las mejores familias, seguramente se trató de una casualidad —dijo Salvador entre risas.

—Hubo más desventuras para Dee cuando volvió a Inglaterra. En Mortlake, su pueblo natal, se encontró con su casa destruida y su biblioteca saqueada. Además, se habían generalizado las críticas a sus experiencias paranormales. La estrella de su popularidad se apagaba. Tuvo que vender varias de sus propiedades para poder mantenerse y vivió sus últimos años modestamente junto a su hija Katherine, una de las ocho que tuvo en sus tres matrimonios. Murió en el olvido a los ochenta y un años.

—Una vida intensa, una muerte triste. Un clásico para personajes con ese nivel de desmesura. ¿Encontraste algo de sus experiencias con el espejo negro?

—Hay constancia de que un anticuario compró un terreno alrededor de la casa de Dee apenas diez años después de su muerte y comenzó a realizar excavaciones en procura de papeles u objetos. Aparentemente encontró manuscritos de las comunicaciones paranormales de Dee y se los cedió al erudito Méric

Casaubon, quien los publicó en 1659. He logrado leer una copia, gracias a mis amigos del Círculo de Bibliotecarios de la Comunidad Europea. En su escrito, Casaubon señala que Dee, y te leo textual, fue «la herramienta involuntaria de espíritus malignos cuando creía que se estaba comunicando con ángeles». El escrito tuvo cierta popularidad y fue el culpable de que por varios siglos prevaleciera una imagen distorsionada de Dee como un hombre fanatizado y engañado.

—Eso explica por qué ganó más fama como mago que como hombre del conocimiento y la ciencia. Esas publicaciones provocaron una injusticia.

—Claro, se convirtió en un personaje ideal para la ficción y la fantasía. Es por esa razón que hice el repaso de sus múltiples apariciones literarias con las que he logrado aburrirte.

—Al contrario, la historia es fascinante y la literatura suele completar los vacíos y las omisiones de la realidad. El problema es que no tenemos nada de sus experimentos con el espejo —se lamentó Salvador.

Américo hizo una nueva pausa y luego con aire triunfal volvió a sorprender a su amigo:

—Sí que tenemos. Existe al menos un documento que registra una de aquellas experiencias. Me lo ha confirmado un colega de Oxford. Él y un grupo de fanáticos de la historia medieval suelen revisar material de archivo de la prestigiosa Biblioteca Bodleiana. No hay certezas sobre su autor y su origen, pero ellos están convencidos de que el manuscrito que descubrieron narra con precisión uno de los experimentos de John Dee.

—Américo, no lo puedo creer... no esperaba tanto...

—Me contó que no está datado, pero posiblemente corresponda al año 1584 o 1585, lo que coincide con la presencia de Dee en el continente. Me dijo que allí se describe un encuentro espiritual utilizando un espejo negro. Él cree que el autor del escrito pudo ser Edward Kelley porque concuerda con el momento en que trabajaban juntos en las cortes de Europa central.

—¡Américo, qué noticia extraordinaria! ¡Sos un genio!

—Lo sé, aunque pueda sonar exagerado. Merezco unas cañas.

15

La «limpieza» en el bar de los paraguayos la ejecutó el grupo liderado por Jaime. Era la operación más expuesta de todas las planificadas para esa noche, por la posibilidad de encontrar resistencia. A pesar de las previsiones, se asemejó más a una ejecución que a una batalla.

Minutos antes de las once, Jaime Salazar llegó a El Toro junto a los dos hombres sugeridos por el Loco Nantes para el ataque: un flaquito de rasgos aindiados llamado Marcos Huamán y el Chato Morales, un gatillero petiso y regordete al que utilizaban para los trabajos más violentos. Salazar hizo un movimiento de cabeza y los tres ingresaron al local disparando. Don Cosme, el encargado correntino, fue el único que percibió el peligro al instante, pero apenas amagó con buscar el revólver que guardaba en un cajón del mostrador un certero disparo en la cara paralizó su gesto de resistencia. Salazar nunca fallaba. Se consideraba un soldado profesional.

El resto del salón fue barrido por las balas de los fusiles AK 47 que portaban sus acompañantes. Jaime Salazar había logrado ingresar las armas desde Lima para la banda de su primo: «Los cuernos de chivo —como los llamaba por la forma de sus cargadores— son seguros, baratos y fáciles de conseguir», les dijo cuando logró hacerlos llegar al barrio. Y era rigurosamente cierto: aunque pasaban los años, el histórico fusil ruso seguía siendo el preferido de narcos e insurgentes de todo el mundo.

De las tres mesas arrasadas por los disparos solo una estaba ocupada por Sampedranos. Además de don Cosme, dos de los hombres de mayor confianza de los Villalba murieron sin siquiera atinar a defenderse. En otra fueron acribillados una pareja de jubilados y su nieto adolescente. Las balas también mataron al Tucu, un borrachín habitué del lugar que ni se enteró de lo que pasaba.

Más tarde Nantes se lamentó por los daños colaterales, pero su primo ni le respondió. No había dudado en rematar a la pobre vieja que boqueaba bañada en sangre nombrando a su esposo o a su nieto, quién sabe. Una vez comprobado el resultado de los disparos, los tres atacantes salieron del bar: no habían pasado cinco minutos desde el primer disparo. Sin decir palabra se perdieron por los pasillos de la villa en distintas direcciones. La policía todavía se tomaría un buen tiempo para llegar al lugar. Los atacantes ya habían acordado ocultarse durante algunas semanas en una «casa segura» ubicada en una villa de Laferrere, en el Gran Buenos Aires.

El Negro Cabeza había pedido encargarse de la Rey. Hacía rato que le tenía ganas. Desde que la cruzó por primera vez en una fiesta en la parroquia, organizada por los movimientos sociales que militaban en el barrio. Cuando se enteró de que se había convertido en pareja del menor de los Villalba, reaccionó con desprecio:

«Mucha hembra para ese pendejo», dijo. Sus compañeros no entendían el motivo de su enojo. Y cuando alguien insinuó que estaba enamorado de la paraguaya casi terminaron a las trompadas. «No me importa esa perra. Digo lo que se ve de lejos, nada más», se defendió.

«Nos vamos a arreglar, va a ser más fácil que la tabla del uno», dijo el Negro Cabeza ante la pregunta de su jefe, unas horas atrás, sobre si quería contar con alguien más, ya que solo había pedido la compañía de Tito Loruso.

Ahora que avanzaba entre las sombras, el Negro volvía a pensar en la Rey. La casa de Ramón estaba en la zona bajo control de los paraguayos, por lo que tenían que moverse discretamente. Llevaban armas cortas porque no querían llamar la atención del vecindario, que seguramente en minutos comenzaría a alborotarse.

Esperaban sorprenderla cuando dejase la casa, si es que todo se desarrollaba como lo habían previsto. A esa altura estaban seguros de que ella ya estaría al tanto del ataque al bar y que se habría comunicado con Ramón.

Como en un rompecabezas de pocas piezas, todo tenía que ir encajando de manera sencilla. A esa hora el menor de los Villalba ya estaría camino al barrio y ella debía estar preparando sus cosas para tratar de llegar a un sitio más seguro. «Cuando salga de la cueva será pan comido», les había vaticinado el Loco Nantes. El Negro Cabeza y Tito se apostaron a unos treinta metros de la casa, refugiados en la entrada de un negocio de pinturas. No podía demorarse.

Después de cortar la llamada con Ramón y todavía presa de la angustia, la Rey fue hasta la cocina, puso el teléfono en la asadera del horno eléctrico y subió la perilla de cocción al máximo. Su novio le había advertido sobre cómo actuar en «una emergencia de seguridad», así la había llamado. Tenía que calmarse y pensar. «Emergencia de seguridad», dijo en voz alta. Lo primero estaba hecho: destruir el teléfono. El procedimiento le recordó la llamada y se detuvo unos segundos. Había algo que no encajaba, pero no sabía qué. De todos modos, la duda no era opción, tenía que moverse.

Fue hasta la repisa del living y tomó la piedra de obsidiana; era el único objeto que no quería olvidarse. Antes de guardarla en el pequeño estuche de madera, la miró fijamente. Le pareció distinguir a una mujer que caía desde lo alto, pero no estaba segura de quién era porque el reflejo rojizo era difuso. A veces dudaba de las imágenes que aparecían ante sus ojos y atribuía esas visiones a su imaginación. «Una mujer que cae puede ser también una mujer que se va», pensó. No había mucho para analizar, era lo que iba a hacer, largarse. Ramón le había indicado como punto de reunión el Almacén de Cielito, una suerte de fortaleza manejada por su madrina. No quedaba lejos de la casa.

Guardó la obsidiana en su mochila, junto a varios fajos de dólares que extrajo de un doble fondo del piso de la cocina. Después retiró la pistola Glock que escondía en una funda encintada debajo de su cama, se la calzó en la cintura y se dispuso a salir. Tenía la boca seca y el corazón latiendo alocadamente como a punto de explotar.

Cuando se disponía a abrir la puerta alcanzó una botella de Ron Bacardí Oro, que Ramón usaba para mezclar con Coca-Cola, y tomó un trago del pico. Luego, de una pequeña bolsita que estaba junto a la mesa de los licores, volcó un poco de cocaína, la alineó con una tarjeta del transporte y aspiró profundo con el canuto vacío de una birome. No consumía habitualmente, pero en ese momento pensó que la ayudaría. Y así fue: el pase le devolvió una lucidez que estaba siendo arrollada por el miedo.

Antes de salir, miró a través de la ventana hacia ambos lados de la calle, todo parecía tranquilo. Puso la llave en la cerradura y se quedó mirando con sorpresa que su mano ya no temblaba como cuando agarró la obsidiana o los billetes. Se detuvo. Recordó otra frase que Ramón repetía en guaraní en situaciones complicadas: «*Ijetu'urõ ejapo al revepaite. Péicha emareáta*». Cuando estés en peligro, hacé lo contrario de lo que harías al estar en peligro. La idea era confundir a los que acechaban, como hacen los animales que se saben presas fáciles en la selva. Fue una revelación. Lentamente retiró la llave de la cerradura, lo hizo muy despacio como si un falso movimiento pudiese hacer estallar la casa. La imagen de la mujer cayendo al vacío volvió a cruzar su mente como un relámpago.

Tenía que pensar bien. ¿Y si el ataque era una trampa? ¿Y si querían que saliera a la calle? La Rey no encontró respuestas a sus preguntas. El Ramón que le había dicho que dejara la casa y buscara un lugar seguro era el mismo que le había enseñado a confundir a los predadores haciendo lo imprevisto.

Después de hablar con su novia, Ramón hizo una llamada para confirmar la emergencia. Luego se montó sobre su moto y comenzó una carrera descontrolada hacia el barrio. Se sentía confundido, y eso acrecentaba su ira. Un ataque a un lugar como El Toro era la guerra. No podían ser otros que los hombres de Nantes. Pero no entendía por qué rompían un acuerdo cerrado hace tantos años. Tenía que actuar rápido. Lo primero era reorganizar a su gente para dar un contragolpe. Eso es lo que haría Nito si estuviese allí. Pensó en llamar a su hermano, pero descartó la idea. Él podía resolverlo.

Tomó por la avenida Alem y aumentó la velocidad, la Zanella superó los cien kilómetros por hora, rebasando autos en forma temeraria. Tenía que llegar en el menor tiempo posible al Almacén de Cielito, el lugar a donde había convocado a los Sampedranos. En minutos estaba frente a la Terminal de Ómnibus. Aminoró la marcha mientras empezaba a crecer un sonido de sirenas policiales. Decidió no ingresar por la calle San Martín, la zona controlada por los peruanos, porque podían estar esperándolo.

Dio un rodeo y decidió entrar a la 31 por detrás, por la zona de los contenedores. Esa parte de la villa era la más oscura y desolada. Allí, cada madrugada, decenas de cartoneros entregaban sus cargamentos rescatados de la basura por una paga miserable, la mitad en plata y la otra mitad en «fernanditos», una mezcla de fernet y gaseosa cola. Bajó la velocidad. La legión de recolectores informales no había llegado todavía. Solo distinguió a un par de viejos bebiendo contra un paredón, parecían borrachos. Muchas veces, cuando veía escenas como esa se preguntaba cómo sería su propio final. La vejez sin dinero le parecía una calamidad. «Si llego, será para liquidarla toda —decía—, prefiero rajarme antes y bien que tarde y mal».

Los bufidos de un gato que se disponía a la pelea lo trajeron de vuelta. Él también soltó el aire de golpe, apagó las luces de la moto y dobló por la calle Cristo Obrero. Luego giró en la paralela a las vías del ferrocarril. Había una extraña calma, impropia de los episodios narrados por su novia. Se decidió a bordear la canchita de fútbol y doblar en la esquina que habitualmente ocupaban «los zombies», como llamaban a los pibes quemados por el paco. Curiosamente no había nadie.

Una camioneta que bloqueaba la calle lo obligó a doblar por una paralela al destacamento policial. Allí se topó con otro auto mal estacionado, tuvo que volver a girar y tomar por una de las calles que van en línea recta justo por debajo de la autopista. Cuando estaba a unos doscientos metros del Almacén de Cielito, el sonido de un disparo demasiado cerca de su cabeza lo decidió a acelerar para salir lo más rápido posible de la zona de tiro. No tenía claro si era el objetivo central del ataque hasta que sonó otro disparo. Entonces levantó más la velocidad. Cuando estaba por rebasar la esquina, su cuerpo quedó suspendido en el aire mientras la moto siguió su curso derrapando por el cemento hasta estrellarse contra la puerta de una casa: un cable de acero tensado de lado a lado de la calle lo había derribado violentamente.

La barrera de metal había impactado en la parte frontal del casco y eso lo salvó de morir decapitado. El golpe, de todas formas, fue tremendo. Ramón estaba aturdido y no entendía lo que había pasado. Trató de incorporarse, sentía un dolor intenso en el cuello y la cara. Tenía la ropa manchada de sangre. Apenas podía abrir la boca: el golpe le había fracturado la mandíbula. Aún sin poder pararse, intentó sacar su revólver de la funda que llevaba adherida en la espalda, colgada del cinturón. La mano derecha no respondió a la orden: entre otros huesos, también se había quebrado la muñeca. Percibía el peligro con claridad, como lo hace cualquier animal que se sabe acorralado.

En el preciso instante en que con la mano izquierda logró aferrar el arma y se incorporó con dificultad, pudo ver al Loco Nantes. Lo reconoció a pesar de la oscuridad: estaba parado a unos metros con las piernas abiertas y le apuntaba. No tuvo tiempo para nada más, el peruano le disparó tres tiros en el pecho. Lo despachó así nomás, sin decir una palabra. Cuando pasó a su lado ni siquiera se molestó en comprobar que estaba muerto.

Ramón no había cumplido con las pautas de seguridad que con tanto rigor les había inculcado a sus compañeros más cercanos, en especial a la Rey. Después de la llamada, no debería haber vuelto al barrio ni siquiera por ella. «Nunca hay que regalarse», aconsejaba. El amor induce a errores, algunos con irremediables consecuencias.

Minutos antes de la medianoche del viernes 13, los hermanos Villalba eran historia.

16

La Rey sintió un escalofrío y comprendió que si permanecía quieta esa podría ser su última noche en la tierra. Había aprendido con Ramón que nunca tenía que quedarse a esperar que las cosas pasaran, en especial si no estaban bajo control. «Siempre de frente, Blanquita, como si fueses un tren sin frenos», decía. La Rey tomó la Glock de la mochila, le quitó el seguro y volvió a guardarla, pero esta vez en el bolsillo de afuera. Colocó la mochila en su espalda y subió hasta la terraza de la casa por la pequeña ventana trampa que estaba disimulada en el techo del baño.

En la calle, Tito Loruso consultó el reloj del teléfono. «Son casi las doce, ya tendríamos que haber terminado», dijo. El Negro Cabeza asintió en silencio. Esa era la idea original del plan. Tres ataques en una hora con la idea de concluir cerca de la medianoche. «Esta yegua no sale», susurró. No hizo falta que Tito le preguntara qué iban a hacer. El Negro Cabeza solo dijo «vamos» y salieron del umbral de la pinturería donde se guarecían.

La casa de Ramón tenía dos plantas. Las luces adentro estaban apagadas. La noche sin luna amplificaba la oscuridad en esa manzana. El Negro sacó su arma, una vieja Beretta que lo acompañaba a todos lados. Luego le hizo un gesto a su compañero y este se acercó a la puerta. «Limpio», le dijo. Tito extrajo un juego de ganzúas que portaba en un llavero enganchado a su cinturón. En un par de movimientos la cerradura se abrió como si cediera ante la llave original. Se miraron un segundo y entraron a la casa. Tito empuñando su pistola, una Bersa Thunder comprada recientemente a un ex policía de la Ciudad. Se podía decir que estaba de estreno.

Una vez adentro, el Negro le hizo una seña y empezaron a revisar la casa habitación por habitación. A medida que avanzaban iban prendiendo las luces. La imaginaban escondida. Aunque no esperaban que la Rey pudiera oponer una gran resistencia, iban con cuidado. Subieron a la planta alta por una escalera de cemento, prolija pero estrecha. Llegaron a un pequeño hall, se miraron un instante y Tito abrió la puerta del dormitorio de una patada. El Negro rodó por el piso aferrado a su arma con las dos manos. Pensó que la piba podía estar bajo la cama, pero nada. Muchas películas de acción debían haber propiciado esa pirueta, pensó Tito, pero evitó comentarlo.

Abrieron el pequeño vestidor apuntando con las armas. Las prendas de la Rey estaban ordenadas por colores. El Negro Cabeza no pudo con la tentación y abrió varios cajones. En uno estaba la ropa interior, organizada también por tonos. Se sucedían los encajes negros, blancos y rojos. El Negro se detuvo un instante para levantar una de las tanguitas y acercarla a su cara. Aspiró profundo y le pareció percibir entre el aroma a jabón blanco el indescifrable perfume de esa mujer.

La voz de Tito lo hizo reaccionar. Lo llamaba desde el baño que, curiosamente, era el lugar más lujoso de la casa. Tenía azulejos y grifería cara. También una bañera enorme como para dos personas. El Negro lo miró desconcertado: «¿Dónde mierda se metió esta hija de puta?», preguntó. Tito chistó suavemente para que se callara y le señaló con la punta de su pistola el rectángulo apenas dibujado encima de sus cabezas. Estaba marcado discretamente, era una suerte de puerta en el techo. El Negro asintió y fue hasta el dormitorio en busca de una silla. Seguramente había una escalera de madera en algún lado, pero no iban a perder tiempo buscándola. La Rey podría haberla subido al techo si, efectivamente, había elegido esta vía de escape.

Se pusieron de acuerdo sin hablar. El Negro se paró en la silla y con sus dos manos hizo una suerte de escalón para que Tito pusiera el pie y alcanzara la altura suficiente para empujar: la madera del techo se abrió con facilidad. La noche volvió a rodear a Tito, que registró la terraza achicando los ojos y sin dejar de apuntar. Tenía medio cuerpo fuera del baño. Apenas rompía la negrura el resplandor tenue de la calle.

Solo se veía un tanque de agua y algunos cajones de madera tirados en el piso, también una silla desfondada. «Despejado», gritó Tito, y para salir a la terraza apoyó en los bordes de la trampilla las palmas de sus dos manos, aferrando con la derecha el arma. Cuando empezó a elevarse, distinguió a la Rey emergiendo desde adentro del tanque. Fue lo último que vio. Un descuido inexplicable. Tito intentó alzar su pistola, pero ya era tarde. El disparo de la Glock le impactó en la frente.

El Negro escuchó el estampido y sintió cómo el cuerpo de su compañero caía pesadamente sobre el suyo haciéndole perder el equilibrio. Desde el piso, comprendió de inmediato su vulnerabilidad. Tenía que reaccionar rápido, pero la Beretta se había caído y estaba junto a la bañera. Empujó el cuerpo que lo aplastaba y apenas dudó un instante entre buscar su arma o salir del baño. Esta última elección le salvó la vida, la Rey ya estaba asomada por el rectángulo del techo disparándole. Fueron tres tiros que rebotaron en el piso. El Negro Cabeza sintió un latigazo en el gemelo de la pierna izquierda, la última parte de su cuerpo que logró sacar del cuarto de baño mientras se arrastraba hacia el dormitorio intentando ponerse a resguardo

La Rey cerró la trampilla, se incorporó y saltó al techo de la casa vecina. Desde algunas ventanas la observaba un público curioso, acostumbrado a los disparos y a no intervenir. Bajó por una de las escaleras caracol que conectaban la casa de al lado con la calle. A lo lejos se escuchaban algunos gritos y sirenas policiales. Tenía que salir del barrio. Ya había decidido que no iría al Almacén de Cielito ni se iba a contactar con nadie. «Es una emergencia de seguridad. No hay que hacer nada de lo que harías», se dijo. Pensó en Ramón, eso le aclaraba las cosas. «*Primeroite esẽva'erã águi*», ahora lo dijo en guaraní, la prioridad era escapar. Estaba convencida de que su hombre la buscaría después.

El Negro masticaba bronca, la sangre le fluía entre los dedos que intentaban taponar el agujero que tenía en la pierna. Era evidente que no moriría por esa herida, y eso lo aliviaba, pero debería bancarse los reproches de Nantes. Apoyó con dificultad la espalda en uno de los laterales de la cama, le quitó la funda a una almohada y se vendó fuerte la pierna. Desde esa posición alcanzaba a ver el brazo derecho de Tito: supo que esa mano ya no levantaría ninguna cerveza. Luego tomó el teléfono y marcó el número del jefe de los peruanos.

El Loco Nantes no podía creer lo que escuchaba. La Rey no solo había logrado escapar, también había matado a Tito. Un odio profundo crecía en su interior, ni siquiera se tomó el trabajo de seguir hablando con el Negro. Cortó la llamada. «Huevones —dijo, ante la mirada inquisitoria de Jaime—. La maldita perra se escapó, hay que salir a cazarla». La frase no alcanzaría para acallar los reproches de su primo.

17

La Rey se descolgó de la escalera con un pequeño salto y empezó a caminar por la calle pegada a la pared como si los ladrillos y las chapas que se sucedían a su lado fueran parte de su cuerpo. Un chistido la sobresaltó. Con un golpe de vista identificó el origen del sonido. Venía de la ventana de una casa ubicada justo en diagonal a la suya. Era doña Rita, una vecina de unos ochenta años que casi nunca hablaba con nadie y se la pasaba espiando todo el día. Era una suerte de vigilante privado sin armas ni salario. Ramón siempre la saludaba llamándola «abuela», aunque la vieja no tenía nada que ver con su familia. Era su manera de confirmar la importancia que la mujer tenía en el paisaje barrial. Lo mismo hacía con algunos chiquillos a los que llamaba «primos».

Doña Rita no le dijo nada, su cara cruzada de arrugas exhibía un gesto severo, solo la miró y extendió el brazo señalando hacia la esquina. La Rey acompañó la señal con la mirada y alcanzó a distinguir a lo lejos a un motociclista. Al principio dudó, pero luego comenzó a trotar hacia su encuentro. Una de las cosas que había aprendido rápido de la vida en la villa era la eficacia de ese sistema de comunicación sin palabras basado en gestos y silbidos. Desde los primeros días en que se integró a los Sampedranos, Ramón le había explicado que «para bien o para mal» tenía que estar siempre atenta a los mensajes de la calle. «Blanquita, *iporã térã ivaípe*». Y era cierto: el barrio hablaba.

La Rey sabía que, aunque unos sicarios le estuvieran pisando los talones, todavía estaba en territorio familiar. Estas son las calles de los Villalba, pensó y apuró el ritmo de sus pasos que iban dejando un rastro de agua. Cuando estuvo más cerca, reconoció al chico que ocultaba su cara bajo la capucha del buzo. Era Carlitos, un sampedrano que trabajaba de soldadito y uno de los tantos primos falsos de Ramón. «Sacame de acá», le dijo sin saludarlo. «*Che guenohẽ águi*» sonaba como una orden, pero era un ruego. El pibe asintió y ella se subió al pequeño vehículo. Apenas partió, la Rey pegó su cuerpo mojado a la espalda del conductor como lo hacía con Ramón cuando estaba por arrancar su Zanella. Esta moto era más pequeña, como las que utilizaban los repartidores de pizzas, ideal para los estrechos pasillos del barrio. Carlitos se estremeció con el abrazo que le empapó la espalda. La Rey no hizo preguntas. En unos segundos se perdieron en la noche.

Las sirenas de la policía imponían ahora su concierto atronador y triste. Cuando lograron llegar a la avenida, la Rey le indicó a Carlitos que la llevara al Bajo, al bar donde trabajaba Maruca. En la puerta del local le pidió algo más: que le dejara su campera, estaba tiritando, y que entrara para avisarle a su amiga.

Maruca la había ayudado a escapar una vez y la Rey estaba segura de que volvería a hacerlo.

En cinco minutos su amiga salió a su encuentro. Parecía otra mujer montada en unos zapatos de taco plateados y envuelta en un vestido azul que resaltaba su figura. «Está más hermosa que nunca», pensó la Rey. Pero no se lo dijo. Solo la abrazó y soltó el llanto contenido desde que le había disparado a Tito Loruso en la terraza de su casa.

Unos pasos más atrás, Carlitos las miraba sin perder detalle de lo que pasaba alrededor. Era lo mejor que sabía hacer: vigilar. Se mantuvo atento a los automovilistas que circulaban por la calle y a los peatones que se acercaban en su dirección. La mano derecha, dentro del buzo, acariciando el fierro que hacía dos meses le había entregado Ramón cuando lo subió de categoría. Una 22 pequeña fácil de manejar. Además de capacitarse en llevar y traer, el pibe también estaba entrenado para| proteger y, eventualmente, atacar, si así se lo ordenaban. No lo sabía todavía, pero sin Ramón en el barrio su vida sería más difícil.

La escena del abrazo entre las dos mujeres se extendió por unos segundos más. Luego Maruca detuvo un taxi y le indicó a su amiga que subiera. La Rey despidió al chico acariciándole la cabeza. «Se jugó por mí», le contó a su amiga, y subieron al auto.

En diez minutos estuvieron en el pequeño departamento de San Telmo que utilizaba Maruca para atender a los clientes que pagaban por algo más que unas copas. La Rey tomó una ducha caliente y se vistió con prendas de su amiga. Maruca aprovechó esos minutos para comunicarse con el Bicho, su jefe en la noche porteña. Quería explicarle la situación y por qué había abandonado el bar sin avisar. No temía una traición: él era argentino como ella y enseguida se comprometió a ayudarlas.

En media hora, el Bicho llegó al departamento. Había conseguido información sobre lo que había pasado en la 31. La noticia de la muerte de Ramón provocó en la Rey un ataque de llanto y furia que la llevó a arrojar el vaso que tenía en la mano contra una pared. A los gritos anunció que iba a volver al barrio, que no le creía, que Ramón debía estar herido y que la necesitaba. Después de unos minutos, Maruca logró contenerla. El Bicho le ahorró los detalles del ataque, pero no el saldo, y le dijo con crudeza: «Ramón está muerto y ahora hay que evitar que te maten a vos».

Les contó que algunos de los Sampedranos habían salido del barrio y que seguramente iban a reorganizarse. Y dijo más: «Blanca Rosa está en peligro no solo porque la Gente del Pueblo va a intentar terminar lo que empezó esta noche, sino porque los paraguayos no van a aceptar su liderazgo en medio del desbande». Y agregó dirigiéndose a Maruca: «Seguro que no te lo dijo, pero tu amiga se cargó a un pesado: está condenada. Hoy empezó una guerra en la que ninguno de los bandos la quiere».

—En el barrio la respetan —intentó contradecirlo.

—Te aseguro que si quiere vivir tiene que irse —insistió el Bicho y se ofreció a ayudarla—: Puedo hacerla volver al Paraguay o, mejor, sacarla para España. Tengo contactos en Madrid —dijo.

Maruca cortó la exposición con un pedido: «Hablemos mañana».

Cuando el Bicho se fue, convenció a su amiga que lloraba acurrucada en un sillón de tomar unos tranquilizantes. «Confiá en mí», le pidió, y la Rey finalmente acató. Antes de dormirse, repitió como un mantra: «Voy a matar a esos hijos de puta». La que hablaba, en tránsito al sueño, ya no era Blanca Rosa, esa joven había muerto definitivamente junto con su novio en las sucias calles de la villa. Quien lanzaba las amenazas era la Rey, y Maruca lo sabía. «*Ajukapaitéta umi añamembýpe*», dijo otra vez antes de dormirse.

Dos días estuvieron encerradas en el departamento sin tomar contacto con nadie. El Bicho les mandaba comida regularmente y cualquier cosa que le pedían. Esa era la orden y había que cumplirla: si quería sobrevivir tenía que esperar. Las dos amigas volvieron a dormir juntas y abrazadas, pero esta vez sin ningún espacio para la tensión erótica que las había unido en algunos momentos de los últimos años. Se podría decir que Maruca la abrazaba para que no cayera al abismo de su propio dolor e impotencia.

En cuarenta y ocho horas el Bicho le consiguió a la Rey el pasaporte y un pasaje para viajar a Madrid. Antes le sacó los dos mil dólares que ella había logrado rescatar de la casa, como parte de pago por el ticket aéreo y las primeras semanas de alojamiento en la capital española.

Maruca pidió acompañarla: siempre había soñado con esa posibilidad. El Bicho la convenció de que había que darle prioridad a su amiga, porque corría peligro: «Aquí es un blanco móvil, pronto se encontrarán en Madrid», le prometió.

La Rey estaba tan aturdida que se dejó llevar. El Bicho pasó a buscarla a las seis de la mañana del día siguiente y la trasladó en su auto al aeropuerto, la ayudó con el check in y luego le presentó a Miguel Ángel Duarte como un amigo que iba a acompañarla en el viaje y la asistiría en todo lo que necesitara hasta que pudiera ubicarse en Madrid.

Junto al hombre, que vestía pantalón y campera de la Federación Paraguaya de Deportes Acuáticos, iban dos chicas más o menos de su edad que, según explicó el Bicho, aunque eran de Asunción hacía unos días que estaban en Buenos Aires. Cuando ingresaron a la zona de embarque, el Bicho le dio un beso en cada mejilla y volvió a despedirse con el brazo en alto cuando los cuatro atravesaron, sin problemas, el control de Migraciones.

La Rey se asustó con el despegue, era su primera vez en un avión. Hasta ese momento solo había estado un poco inquieta, pero durante el carreteo de la nave la angustia comenzó a cerrarle el pecho y la dejó al borde de un ataque de pánico. No se consideraba una persona miedosa, pero empezó a transpirar frío. Se acordó de su abuela. Una vez, en medio de una gran tormenta que sacudió las puertas y las ventanas de la casa en Ciudad del Este, vio a Cándida abrir la vitrina y tomar la piedra en su puño mientras murmuraba algo inentendible y recorría todas las aberturas de la casa. Lentamente el temporal cesó.

La Rey metió la mano en su bolso para tocar la pequeña caja donde guardaba la piedra negra, la abrió y la apretó en su mano tan fuerte que estuvo a punto de cortarse. No sabía bien por qué, pero se encomendó a la magia de ese objeto, al que no terminaba de comprender ni dominar. En unos minutos recuperó la calma, pero recién se sintió segura cuando el avión se estabilizó en el aire. Entonces devolvió la piedra a su estuche. En las trece horas que duró el trayecto lloró varias veces, pero sin que sus compañeros de viaje lo notaran. Las lágrimas le brotaban cuando repasaba sus últimas horas en la villa. El dolor por la muerte de Ramón menguaba solamente cuando pensaba en la posibilidad de volver para vengarse de sus asesinos.

Antes de salir para el aeropuerto, Maruca le había propuesto el olvido: «Vas a volver a nacer en España, en unos meses vamos a comenzar todo de nuevo. Muy pocos tienen esa posibilidad. Tenés que borrar lo malo, como dejaste atrás lo que pasó en Paraguay, tenés que dejar atrás lo que pasó con Ramón...», le dijo. Por lo pronto, la Rey lamentaba haber tenido que abandonar la Glock y su navaja en casa de su amiga.

—Te pido que las guardes, cuando vuelva las voy a necesitar —le dijo.

—Espero que no, Blanquita, para olvidar hay que estar en paz.

No bien despidió a Duarte y a las tres mujeres, el Bicho fue a encontrarse con el Loco Nantes en uno de los bares del aeropuerto. Compartieron allí un desayuno americano, con huevos revueltos, queso y fiambres. No brindaron con champán, pero podrían haberlo hecho ya que celebraban un buen acuerdo. El primero había vendido a una mujer y expandido su negocio prostibulario, y el capo de los peruanos se aseguraba de que no quedaran cabos sueltos en su operación de exterminio de la conducción de los Sampedranos. Aunque su primo Jaime le había insistido hasta el cansancio para que la ejecutara, Nantes estaba convencido de que el destino que esperaba a la Rey en Europa era peor castigo que un balazo en la nuca.

18

Salvador demoró un par de semanas en organizar su viaje al Reino Unido. Américo entre tanto hizo los contactos para que su amigo pudiese encontrarse con Oliver Brown, el colega de Oxford que había descubierto el manuscrito atribuido a John Dee. Salvador compró un ticket para volar a Londres y decidió que luego viajaría en tren a Oxford. Estaba muy entusiasmado, no solo por la posibilidad de acceder a ese documento donde se mencionaba la utilización del espejo negro, sino también porque era su primera visita al prestigioso centro de estudios.

Para Salvador el viaje tenía un plus. Allí había estudiado, y luego se convirtió en profesor, uno de sus escritores más admirados: J.R.R. Tolkien. Justamente uno de los primeros libros que logró leer en inglés, a instancias de su hija, fue *El Hobbit*. «*In a hole in the ground there lived a hobbit. Not a nasty, dirty, wet hole, filled with the ends of worms and an oozy smell, not yet a dry, bare, sandy hole with nothing in it to sit down on or to eat: it was a hobbit-hole, and that means comfort*». Un comienzo con tantos adjetivos para describir la comodidad de un agujero no podía defraudar a ningún lector. Un agujero limpio y pequeño que revelaba un universo fantástico. Salvador recordaba con nostalgia sus primeros pasos en el idioma, que ahora necesitaría agilizar para tratar de entender el misterio que lo obsesionaba.

La Bodleian Library era la principal biblioteca de investigación de la Universidad de Oxford. Salvador estaba por conocer una de las bibliotecas más antiguas de Europa: había sido inaugurada en 1602 con una colección inicial de dos mil libros, que fue creciendo exponencialmente. El incesante ingreso de volúmenes obligó a ampliaciones y a la incorporación de nuevos edificios. De los espacios que constituyen el conjunto bodliano, le interesaba uno en particular: la Biblioteca Duke Humfrey. No solo era la sala de lectura más antigua de la Biblioteca, sino que allí estaba archivado el escrito que Oliver Brown le atribuía a Edward Kelley, el colaborador de John Dee.

Salvador tomó el tren en la estación Victoria, después de beber un café negro en uno de los pocos bares que sobrevivían en la antigua terminal. La ansiedad le impidió disfrutar del viaje. Pasó todo el trayecto tratando de imaginar qué experiencias se describirían en el misterioso documento. La sola existencia del manuscrito lo emocionaba. Celebró en su interior que, recurrentemente, alguien decidiera dejar testimonio. «Se escribe contra el olvido —pensó—, y las bibliotecas son el refugio de esas batallas individuales que, en general, tienen destino de fracaso y solamente, en pocas circunstancias, funcionan como una botella en el mar que es rescatada a tiempo».

Se encontraron con Oliver Brown a las diez de la mañana, frente al edificio conocido como La Torre de los Cinco Órdenes. Hasta ese momento solo se habían comunicado por correo electrónico. Salvador había visto en internet algunas fotos del catedrático y lo reconoció enseguida; era un hombre de unos setenta años, regordete, con el cabello cano y la barba blanca muy prolija. Vestía un traje gris, impecable, camisa blanca y corbata bordó haciendo juego con el pañuelo que apenas sobresalía desde el bolsillo delantero del saco. Portaba un attaché negro en una mano y en la otra sostenía un sombrero del mismo color. Era más inglés que el Big Ben y la docencia le emanaba por los poros.

Al igual que Américo, el profesor Brown era biólogo, por esa razón se mantenían en contacto. Después de una vida dedicada al estudio de la fauna en el Mar del Norte, el catedrático aplicaba el tiempo libre que le permitía su jubilación al estudio de su otra pasión: la historia de la monarquía inglesa. Dentro de ese complejo universo, la figura de John Dee le había despertado un interés especial. Brown formaba parte de un círculo de eruditos dedicados al estudio de la vida y obra del «célebre sabio», como lo llamaba.

Una vez cumplido el saludo de rigor, lo primero que le explicó Brown fue que la torre circular frente a la que estaban parados recibía ese nombre por su ornamentación. Le pidió entonces que la observara con atención, y de manera ascendente. Hizo una pausa pronunciada y le explicó: «Verá usted que las columnas expresan cada uno de los cinco órdenes de la arquitectura: dórico, toscano, jónico, corintio y compuesto». No era un dato que a Salvador le interesara especialmente, pero estaba dispuesto a escuchar todo lo que Brown le dijese durante su visita. «Aquí hay señales por todos lados —agregó el profesor—, solo hay que estar atento a cada una de ellas».

Permanecieron junto a la Torre de los Cinco Órdenes un buen rato conversando e intercambiando referencias personales y académicas. Salvador le explicó, de manera sintética, cómo había llegado de los estudios de la América prehispánica a interesarse por la actividad del gran astrónomo y matemático de la reina Isabel. El profesor Brown quedó fascinado con semejante recorrido, pero expresó sus dudas sobre la potencialidad real de los espejos. «Está claro que merece la pena investigarlo, no hay nada más hermoso que tratar de demostrar una hipótesis que nos obsesiona, aunque fracasemos en su demostración», le dijo.

Antes de ingresar a la biblioteca, pasaron por la oficina de admisiones: el profesor Brown confirmó el turno que había solicitado para acceder al manuscrito y Salvador retiró su Bodleian Reader, credencial a la que tenía acceso como académico extranjero, luego de haber cumplido con la presentación digital de una decena de requisitos burocráticos en los días previos a su viaje.

Se lamentó por no tener que hacer el juramento de rigor que antiguamente se les exigía a los lectores. Se quedó sin poder declamar en voz alta y clara la siguiente fórmula: «Juro no sacar de la Biblioteca, ni marcar, modificar o dañar de modo alguno, ningún volumen, documento u otro objeto perteneciente a esta Biblioteca o bajo su custodia, o dañarla bien sea por el fuego o la llama, y no fumaré en la Biblioteca, y prometo obedecer todas las normas». El trámite se completaba ahora con una firma debajo del texto, haciendo de aquel hermoso ritual solemne una simple operación administrativa.

Mientras ascendían al primer piso de la Biblioteca Duke Humfrey, Brown le explicó que estaban por ingresar a la principal sala de lectura para los investigadores de codicología, la disciplina que estudia los libros como objetos físicos, en especial los manuscritos. La sala tenía forma de H y era magnífica. Allí se podía acceder a textos escritos a mano sobre cuero, papiros, pergaminos y distintos tipos de papel. «Reliquias de la escritura», las definió Brown.

Apenas entró al recinto, Salvador recordó las películas de Harry Potter que había visto junto a su hija: la sala de Duke Humfrey se había utilizado para recrear la biblioteca de Hogwarts donde transcurren las aventuras del pequeño mago creado por J.K. Rowling.

Antes de solicitar el acceso al manuscrito, Brown le contó la historia del lugar: «La Biblioteca lleva ese nombre por Humphrey de Lancaster, primer duque de Gloucester, hijo menor de Enrique IV y un gran conocedor de la literatura clásica. Al morir en 1447 donó su colección de doscientos ochenta y un libros a la Universidad de Oxford. Sé que parece poco, pero no lo es si se tiene en cuenta que, para esa fecha, Oxford solo contaba con veinte libros y cada uno de ellos estaba escrito a mano. Un siglo después, durante la época de la Reforma, los comisionados del rey saquearon la biblioteca con el objetivo de destruir el material referido al catolicismo romano en el país».

«La quema de libros es una constante en la historia de la humanidad», pensó Salvador recordando los relatos familiares. En 1976, sus padres habían llegado a enterrar parte de su biblioteca en el jardín de la casa de su abuelo, para evitar su destrucción por parte de los militares argentinos. Antes lo habían hecho los nazis. La última vez que Salvador había viajado a Berlín a visitar a su hija, recorrieron juntos la Bebelplatz: allí, en 1933, estudiantes universitarios, junto a muchos de sus maestros, enfervorizados por el nazismo, habían quemado miles de libros en una gran hoguera. Las obras de Marx, Freud, Brecht, y un centenar de autores más, fueron consumidas por el fuego por representar «el espíritu antialemán».

En esa plaza existe actualmente un singular monumento que recuerda la barbarie de esa noche. Es muy sencillo y, a la vez, conmovedor. Consiste en una placa de vidrio a ras de suelo que cubre estanterías vacías y una frase del poeta Heinrich Heine: «Allí donde se queman libros, se terminan quemando personas».

Como si hubiese adivinado sus cavilaciones, el profesor Brown retomó su relato señalando que la Biblioteca fue restaurada en 1598 por Sir Thomas Bodley. «Esta es otra constante en la historia de la humanidad —admitió Salvador para sí mismo—, los libros destruidos vuelven a publicarse y las bibliotecas se levantan de sus cenizas».

«Los primeros libros impresos están ubicados, como no puede ser de otra manera, en la parte más antigua de la biblioteca», prosiguió el profesor Brown, como si fuese un guía turístico de los tantos que se cruzaron en el ingreso al edificio. Luego le propuso que diera un giro en derredor con la mirada. El efecto fue inmediato. La belleza del lugar, la madera, la luz de los ventanales, brindaban una calidez protectora. Salvador no pudo evitar mencionar la analogía realizada por Jorge Luis Borges: «Yo, que me figuraba el Paraíso / bajo la especie de una biblioteca». Su acompañante entrecerró los ojos como si buscase dentro suyo, y recitó los primeros versos del «Poema de los dones» en un español enrevesado, pero perfectamente entendible: «Nadie rebaje a lágrima o reproche / esta declaración de la maestría / de Dios, que con magnífica ironía / me dio a la vez los libros y la noche». Y agregó: «Mi admirado Borges es una fuente de la que todos bebemos».

El escritor argentino se impuso en la conversación durante algunos minutos, pero enseguida volvieron la atención al majestuoso espacio que los rodeaba. En el techo, una sucesión de paneles pintados con las armas y símbolos de la Universidad y más abajo, los estantes de roble conformando ángulos rectos con las paredes. Al lado se encontraban los escritorios destinados a la lectura. Frente a uno de ellos, Brown le pidió a Salvador que lo esperara.

19

Lo reconoció a pesar de las gafas espejadas y el cabello recortado al estilo militar. Ya había atravesado el último control de Migraciones y recogido la maleta. Y allí estaba él, luminoso y fuerte. Ramón Villalba en el lobby del aeropuerto, esperándola. Estaba muy elegante: traje negro, camisa blanca y corbata gris plata. Nunca lo había visto vestido así. Apuró el paso, su corazón latía aceleradamente. Cuando estuvo a un paso del abrazo gritó su nombre, pero las palabras no salieron de su boca. A él tampoco se lo escuchaba, aunque parecía llamarla...

Duarte la despertó jalándole suavemente el brazo.

—Blanquita, ya falta poco para llegar. Andá para el baño con las otras chicas y se cambian rápido. Es importante que los cuatro estemos uniformados así no tenemos problemas para entrar —le dijo y puso en sus manos una bolsa de nailon blanca.

Ella casi no lo escuchó, estaba confundida y molesta, Ramón se había esfumado de sus brazos. Comprendió de pronto que, de ahora en más, su hombre solo podría visitarla en sueños y la angustia volvió a instalarse en su pecho dificultando su respiración.

—Está bien —dijo, y desabrochó su cinturón, se levantó del asiento y, cuando Duarte movió las piernas hacia un costado para dejarla pasar, avanzó hasta el pasillo donde la esperaban sus dos compañeras de viaje. Ellas viajaban en la fila de adelante.

Blanca Rosa caminó arrastrando los pies, el avión estaba a oscuras y la mayoría de los pasajeros dormían. Se turnaron en el uso del baño. Cuando Betty —así dijo que se llamaba la más simpática de sus acompañantes— salió del pequeño habitáculo de servicio, vestía el equipo completo de la Federación Paraguaya de Deportes Acuáticos: pantalón y campera de color azul con vivos rojos y blancos, el mismo atuendo que lucía Duarte. La otra chica, Marta, una morocha de rasgos finos y modos sensuales, apareció minutos después con idéntica vestimenta. Blanca también ingresó al baño y se puso el uniforme deportivo en forma mecánica. Cuando las tres estuvieron listas volvieron a sus asientos.

«Hermosas», dijo Duarte mientras le daba paso a Blanca para que ocupara su lugar junto a la ventana. Guardó la ropa de las tres mujeres en un bolso deportivo y luego les pidió que leyeran un papel donde figuraba escrito en letra de imprenta un mensaje: «Ante cualquier pregunta que les hagan en el aeropuerto, deben decir que vienen a competir en la Copa Amistad Intercontinental». Las tres repasaron la indicación en silencio, y el papel volvió a manos de Duarte. Antes de regresarlo a su bolsillo les pidió que memorizaran esa respuesta. «Cualquier inconveniente, hablaré yo. Soy el jefe de esta pequeña delegación deportiva», les dijo.

Un rato después las azafatas sirvieron el desayuno. Mientras tomaban el café, Duarte comenzó a halagar su belleza «simple y natural». En un momento, le preguntó si, al igual que su amiga Maruca, ella había trabajado en algún cabaret en Paraguay. Ante su negativa, insistió: «¿Te gusta bailar?». Blanca Rosa eligió no responder, sentía un agobio demoledor. «Hay mucho trabajo en España para alguien joven que quiera progresar», dijo Duarte. Ella entonces se sinceró: «Lo mejor que hago es limpiar casas». Él sonrió con suficiencia y cerró la conversación diciendo «tranquila, ya veremos cómo te recibe Madrid».

Una azafata dio las últimas indicaciones por el sistema de comunicación, el avión comenzaba el proceso de descenso. A Blanca Rosa le hubiese gustado mucho que Maruca estuviese allí para poder aferrarse fuerte de su brazo, pero a su lado estaba el desagradable señor Duarte, por lo que prefirió volver a tocar la caja en donde guardaba la piedra negra para tranquilizarse. Las otras dos chicas habían estado muy calladas durante todo el viaje, pero ahora se las escuchaba reír y susurrarse cosas al oído. Parecían contentas.

Las manifestaciones de alegría se fueron apagando a medida que descendían del avión. Detrás de Duarte, caminaron por la manga y se incorporaron a la larga hilera de personas que esperaba para presentar su documentación en el sector de extracomunitarios. Cuando les tocó el turno de atravesar el control de pasaportes, el señor Duarte fue determinando por qué puestos debían pasar. Lo hizo dejando que se adelantaran algunos pasajeros que venían detrás, argumentando que no encontraba su documento. Luego, a su indicación, avanzaron hasta los puestos quince y dieciséis cuando estos se liberaron. Allí todo fue rápido. «Venimos a competir, es un gran orgullo representar a nuestro país en España», dijo Duarte después de saludar a los empleados con una sonrisa.

A Blanca Rosa apenas la consultaron sobre la duración de su estadía en España, a lo que respondió: «Dos semanas, lo que dura la competencia». Eso le había indicado Duarte que dijeran, minutos antes de desembarcar. Cuando la indagaron sobre el lugar de residencia, Duarte se anticipó: «Tenemos reservas en un hotel de la Gran Vía, donde nos espera el resto de la delegación», dijo el falso entrenador y mostró la copia de la factura de un hotel. Nada más. Los funcionarios parecían conformes con sus explicaciones. Documentos sellados y listo.

Luego de retirar las maletas de la cinta se encaminaron hacia la salida de la Terminal 1. En el camino Blanca le pidió a Duarte su pasaporte, él se había quedado con los documentos de las tres después del trámite de ingreso. «Mejor los guardo yo hasta que sepamos que no habrá problemas con el alojamiento», dijo sin dejar margen a ningún reclamo. Blanca Rosa buscó algún apoyo en sus compañeras de viaje, pero ellas parecían despreocupadas con el tema.

Cuando se asomaron a Madrid vieron a un hombre calvo y de nariz achatada, tipo boxeador, esperándolos. Tenía un cartel que decía: «Federación Paraguaya de Deportes Acuáticos». Duarte lo abrazó y, después de intercambiar frases amistosas en guaraní, el hombre al que Duarte llamó Cholo les pidió que lo siguieran hasta uno de los estacionamientos. A

Blanca Rosa lo que más la impresionó fue el color del cielo, muy distinto al del sur, más celeste y sin nubes en ese mediodía. Se le ocurrió que allí, en Europa, el cielo estaba más cerca de las cabezas de la gente. Era el primer pensamiento alegre desde que había dejado Buenos Aires.

Llegaron a una combi blanca que estaba pintada con el nombre de una discoteca: Face to Face. Antes de subir al vehículo, Cholo les dijo, con una amplia sonrisa plagada de dientes amarillos: «Bienvenidas a España». El grupo, aún con sus atuendos deportivos, no había llamado la atención en el aeropuerto. En los últimos años, eran muchos los paraguayos que elegían España como destino.

Blanca Rosa y sus dos compañeras viajaron en la parte posterior del vehículo. No pudieron observar el recorrido ni la cartelería urbana porque las ventanillas estaban cubiertas por unas cortinas grises. En media hora, llegaron a Cuatro Caminos, una de las zonas más populares de Madrid, donde se habían asentado muchos paraguayos emigrados y, con ellos, habían surgido restoranes típicos y discotecas.

La llegada a la casa despertó en Blanca Rosa la primera señal de alarma. La combi ingresó directo al garaje y, recién allí, les permitieron descender. Una mujer de unos cincuenta años, con el pelo corto y gesto poco amable, sin siquiera saludarlas, les indicó que la acompañaran hasta la cocina. Allí la tía Rudy, como les indicó que quería que la llamaran, les sirvió un cocido recalentado donde la carne era apenas una referencia en el gusto. El plato y los cubiertos eran de plástico. Una vez que terminaron de comer, les acercó una canasta con naranjas. «Es el postre», dijo.

Las tres aceptaron las frutas en silencio. Sus compañeras comenzaron a pelarlas con los dedos. Blanca Rosa pidió un cuchillo de metal para cortar su naranja en trozos. Su abuela le había enseñado a abrirla de esa manera: primero hacía un corte por la mitad apoyando la naranja en el plato con la parte del tallo hacia arriba, luego apoyaba las mitades con la pulpa hacia abajo y finalmente cortaba cada una en tres partes. «Naranja *ndi eñatende porãva'erã*», le advertía Cándida. La naranja requería una atención especial: así cortada, cada una de las seis partes tenía que formar una media luna de pulpa con el tamaño justo de la boca. La tía Rudy interrumpió su evocación de manera terminante: «Aquí no usamos esos cuchillos», le dijo. Entonces Blanca devolvió la naranja a la pequeña cesta.

Durante el tiempo que duró el almuerzo, Cholo se quedó mirando la tele en una suerte de living contiguo a la cocina. Cuando sus compañeras terminaron de comer, la mujer les indicó que la acompañaran hasta el primer piso para que conocieran sus habitaciones. Minutos antes, Cholo había subido sus valijas. La tía Rudy les explicó que compartirían el baño que estaba al final del pasillo y les sugirió que pasaran por allí antes de entrar a sus cuartos. Las tres, en silencio, acataron el pedido.

Cuando Blanca Rosa ingresó al cuarto percibió cómo la mujer cerraba la puerta con llave a su espalda. No atinó a reaccionar, pero pudo escuchar que Betty protestaba golpeando la puerta. A Marta, la otra chica, no llegaba a escucharla, pero estaba claro que las tres habían quedado encerradas. Blanca Rosa se acercó a la ventana y comprobó que no se podía abrir y que, además de un doble vidrio, había dos barrotes cruzados. No entendía bien lo que pasaba, y eso le generaba inseguridad, pero en ese momento no tuvo energía para preguntar o protestar.

En la habitación había un lavabo y un balde. Desde afuera la tía Rudy les dijo que el balde era para las urgencias y que junto a la lámpara había un timbre «por si necesitáis llamarme». Blanca Rosa apoyó la mochila de mano en el piso y se dejó caer en la cama de una plaza que estaba a un costado, pegada a la pared. Pensó en la muerte de Ramón, en la soledad de ese momento final, y lloró. Primero despacio, luego hipando y con mocos, como lo hacía cuando era niña. Sentía la falta de Maruca.

Había vuelto a quedarse sola.

20

La tía Rudy abrió las puertas de las tres habitaciones, en forma sucesiva, mientras las arengaba a que se levantasen. No le hacía falta gritar, su voz sonaba siempre imperativa y con una autoridad natural. «Estáis en Europa y si queréis hacer dinero, activaros», las apuró. Cuando llegó al cuarto de baño, al final del pasillo, abrió la ducha y les dijo: «Os bañáis en orden, Betty, Marta y Blanca. Diez minutos para cada una. Aquí les dejo un kit de baño, el siguiente lo pagaréis vosotras. Cuando ganen dinero vamos a aplicar un sistema de descuentos, lo mismo para la comida y el alojamiento. También vais a pagar los pasajes. Y no perdáis el tiempo ni el agua, que aquí todo se mide en euros. En media hora les quiero abajo para desayunar. Después vamos a salir a comprar ropas».

Cada indicación de la tía Rudy funcionaba como una revelación. Blanca Rosa no necesitaba mucho más para entender que habían ingresado a un sistema de trabajo del que no podía esperar nada bueno. Sus compañeras parecían más confundidas que alarmadas. Se movían rápido y sin hablar. Tal vez todavía tenían la esperanza de que las promesas que les habían hecho antes de viajar se cumplirían.

La tía Rudy era paraguaya, aunque su origen no era una cuestión sencilla de determinar. El acento guaraní aparecía escondido en sus frases llenas de modismos españoles. A veces utilizados hasta el exceso. Llevaba treinta años viviendo en Madrid y como había cumplido los cincuenta se sentía más española que paraguaya. Hasta les prohibió hablar en guaraní entre ellas. «En esta casa no se habla como los indios», les dijo. Tenía cara redonda y rasgos finos, el cabello negro, las uñas cuidadas y pintadas, y siempre con rouge rojo en los labios. Siempre estaba arreglada como para salir o recibir visitas. Solía quejarse de que estaba gorda y hablaba de las distintas dietas que estaba haciendo para bajar de peso. El aspecto poco amable con el que las impresionó al llegar se fue confirmando con el correr de los días, cuando quedó claro que su casa más que refugio era una cárcel y ella era quien tenía las llaves.

Blanca Rosa se alegró de escuchar su nombre en último lugar, tenía la cabeza embotada como si hubiera tomado algún tranquilizante. Se incorporó con dificultad y se asomó al pasillo. Allí pudo ver cómo Betty ingresaba al baño, tenía el tatuaje de un dragón que avanzaba desde el hombro derecho hacia la nuca. «Qué lindo cuerpo tiene», pensó. Tuvo la intención de acercarse hasta donde estaba Marta para conversar un rato, saber más de ellas, pero desistió. Le dolía la cabeza. Volvió sobre sus pasos y lo primero que hizo fue buscar la piedra negra de su abuela. La apoyó en la pequeña mesa de luz que estaba junto a la cama y se quedó mirándola.

Blanca Rosa no siempre veía cosas en la negrura profunda que ofrecía la piedra, pero esta vez apenas fijó la vista comenzaron a aparecer destellos de colores, cuando se concentró más le pareció ver el interior de una discoteca con gente bailando. Parecían imágenes tomadas con un teléfono móvil. Pensó en Maruca, tal vez pudiese ver a su amiga si se esforzaba. Llegó a distinguirse a ella misma bailando con un vestido blanco y una copa en la mano. No mucho más, enseguida los colores viraron al rojo y tuvo que cerrar los párpados. A veces, los destellos le impedían la visión.

Después de la ducha rápida ordenada por la tía Rudy, bebieron café con unas magdalenas, y a bordo de la combi partieron hacia un centro comercial. Las tres volvieron a viajar en la parte de atrás del vehículo sin poder ver hacia el exterior. Cuando descendieron en el garaje del predio, la tía Rudy y Cholo les explicaron que no debían separarse de ellos mientras estuviesen adentro del complejo y que si querían ir al baño, irían todas juntas.

En las dos horas que dedicaron a las compras, solo visitaron dos locales. Uno de ropa y otro de zapatos. Las vendedoras los saludaron como si se tratara de compradores habituales. Cuando Blanca Rosa empezó a probarse la ropa que le alcanzaba una de las vendedoras, terminó de comprender el tipo de trabajo que tendrían que hacer. Todas las prendas eran sexis y provocativas, como las que usaba Maruca para ir al bar de Buenos Aires donde «alternaba».

La segunda vez que rechazó una combinación de ropa interior, antes había devuelto un vestido porque tenía la falda demasiado corta, la tía Rudy ingresó al probador furiosa y cerró la puerta detrás de ella. Apenas cabían las dos en el pequeño cuarto. Su espalda quedó pegada al espejo, sus cuerpos casi se tocaban. «Escucha, Blanca Rosa o la Rey o como coño quieras llamarte, yo sé muy bien lo que pasó contigo en Buenos Aires. Estás viva de milagro, joder, deberías agradecer que te salvamos. Así que no me des problemas. Te pones la ropa que te den y si no te place, vamos a mandarte de regreso a la 31. Allá hay gente que va a estar muy contenta de recibirte».

En ese preciso momento Blanca Rosa comprendió que su vida dependería exclusivamente de ella misma. Que ya nadie podría ayudarla. Más allá de la actitud atemorizante con la que irrumpió la tía Rudy en el cubículo, tenía que agradecerle haberla despertado. Y algo fundamental, sin saberlo, le había devuelto su identidad. La Rey era su verdadero nombre. Ese que usaban los peruanos para degradar a Ramón, pero que a él le encantaba. «Vos *nio* sos "mi rey" —le decía divertido y agregaba—, el mundo entero debería llamarte así».

De pronto Blanca alzó la mirada a la altura de los ojos de tía Rudy de manera desafiante y solo dijo «*aentendepaite*». Su respuesta en guaraní enfureció a Rudy, que le cruzó la cara con una bofetada: «¡Les dije que no hablen como indias!», gritó. Cuando Rudy salió del vestidor, ella siguió probándose toda la ropa que le daban sin cuestionar más que algunos talles. «*Aentendepaite*», repitió en un susurro. Había entendido todo lo que necesitaba entender. Nadie lo había notado, pero la mujer con la mejilla rosada por el golpe que ahora se colocaba las calzas negras y se miraba el culo en el espejo, la que le mostraba a la vendedora cómo le quedaban las blusas escotadas que le iba alcanzando, ya no era Blanca Rosa.

Cerca de ella, Marta y Betty se mostraban la ropa con sincera alegría. Tal vez no terminaban de entender el juego en el que habían ingresado o no percibían los riesgos de la propuesta. Para ellas, Madrid era la oportunidad de empezar una nueva vida y ayudar a sus familias. De eso hablaron cuando llegaron a la casa y la tía Rudy las dejó un par de horas solas, pero bajo llave. Incluso activó una alarma que, según les explicó, era para evitar el ingreso de ladrones.

Marta tenía veinte años y un hijo de tres que había quedado en Capiatá, en el llamado Gran Asunción, en casa de su madre. «Por él estoy acá, no quiero que pase lo que yo pasé», dijo. Betty a los veintiún años no tenía hijos, pero sí una madre enferma y cinco hermanos menores a los que quería ayudar. El más grande, de trece, había dejado la escuela y se dedicaba a vender perfumes falsificados en las calles de la capital para colaborar con la familia.

A las dos les hicieron la misma propuesta: viajar a Madrid con trabajo asegurado. Iban a ser parte de un show internacional. Sabían bailar y tenían nociones de canto, aunque no se dedicaban a ninguna actividad artística. Las dos se comunicaron con un teléfono que les pasó alguien conocido. A Betty se lo alcanzó una amiga, a Marta la peluquera de su barrio. Allí entró en escena el señor Duarte. En días distintos, las dos tuvieron una cita con él en una oficina del centro de Asunción. A las dos, el amable «representante de talentos» les sugirió hipotecar sus viviendas para pagar los pasajes, pero sus familias no eran propietarias. Por una vez, no tener algo fue positivo para ellas. Esa carencia casi las deja sin el viaje, pero después de mucho insistir Duarte les propuso un préstamo, que devolverían con trabajo, y les hizo firmar un contrato por cinco años, del que no tenían copia. Recién después del acuerdo, les consiguió las visas y le puso fecha al viaje.

Estaba tan claro el engaño que la Rey prefirió no decirles nada. Comprendió que sus compañeras, al momento de dejar a sus familias, se habían prestado a un juego sin medir los riesgos. A su turno, les contó una historia edulcorada de su salida de Buenos Aires. Su paso por la Villa 31, les habló de sus amigas, en especial de Maruca, y de la muerte de su novio por una enfermedad, omitiendo las referencias a la violencia y las drogas. Su llegada a España era un intento de dejar atrás el pasado y mejorar su situación económica.

Esa noche cenaron en la casa y hasta pudieron ver una hora de televisión.

«Mañana a trabajar», les anunció la tía Rudy antes de ordenarles que volvieran a sus habitaciones.

21

Cuando Marta y Betty se subieron por primera vez a un avión, estaban realmente desesperadas y buscaban una vida mejor para ellas y sus familias. No fue difícil convencerlas con la simple promesa de que podrían ganar mucho dinero en España y, de esa forma, ahorrar lo suficiente para mandar a sus casas. Quizás ellas quisieron creer en las propuestas fantasiosas que les hicieron. Quizás la posibilidad de vender sus cuerpos siempre estuvo clara detrás del ofrecimiento de formar parte de un show musical sin ser profesionales. Tal vez pensaron que solo sería por un tiempo y que de esa forma podrían después trabajar por su cuenta y garantizar un futuro para sus seres queridos. En definitiva, necesitaban el dinero, y esa necesidad las empujó a un viaje sin ninguna certeza.

La Rey, en cambio, viajó pensando que volvería a limpiar casas. No le preocupaba hacer una tarea en la que se reconocía competente y que la había ayudado a sobrevivir. Tenía que escapar de Buenos Aires y estaba convencida de que estaría en Madrid solo por un tiempo. Luego volvería para vengarse del Loco Nantes, buscar a Maruca y empezar de nuevo. En Paraguay primero y en la Villa 31 después, había entendido que el sometimiento era una condición que se aprendía.

Algo que se mamaba como la leche materna, y que si no se rompía a tiempo quedaba para siempre como una marca. Blanca Rosa había llegado a España huyendo, pero ella era la Rey y no pensaba someterse más.

En el departamento de Maruca, el Bicho le había asegurado que en Madrid podría empezar una «nueva vida», que sobraba trabajo, que se quedara tranquila. En su desesperación no preguntó mucho más, pero desde que había entrado en la casa de la tía Rudy y la encerraron en su habitación, su ilusión quedó herida de muerte. Después de la excursión al centro comercial ya no tuvo dudas: si no hacía algo, su situación solo podría empeorar.

La noche del debut tuvieron que prepararse bajo la supervisión de la tía Rudy. Las tres se vistieron de forma similar. Botas de caña alta, minifalda y camisa. «Bien de primavera», les dijo, como para alentarlas. Las tres con camperas livianas de distintos colores. La que le tocó a la Rey era violeta. La tía Rudy las fue ayudando a maquillarse, dándoles precisas indicaciones sobre cómo marcar la profundidad de los ojos y cómo definir los labios de manera sensual con el rouge rojo que les sugirió para esa noche. Les prometió que más adelante les iba a explicar algunos trucos para mejorar sus rasgos, así como el uso de apliques y pestañas postizas. Parecía un curso de maquillaje profesional.

Sus compañeras vivían la situación con inexplicable entusiasmo, como si se prepararan para una fiesta o participasen de un juego. La Rey se miró al espejo y se encontró linda. Tal vez era eso lo que les pasaba, las ganas que tenían de estar lindas. Desde la muerte de Ramón que no se maquillaba ni vestía para nadie.

Cuando las tres terminaron de arreglarse, Cholo insistió en tomarles fotos con una pequeña cámara digital. «Aprovechemos ahora que están producidas», dijo. Posaron juntas y en forma individual con el fondo de una pared blanca en el living. Luego cumplieron con el ritual del traslado en la parte de atrás de la combi. Esta vez el recorrido fue breve, no más de diez minutos desde la casa, según el cálculo que hizo la Rey. Bajaron en un garaje y luego de dar una vuelta a la manzana se toparon con la entrada de una disco. El neón brillaba con la leyenda «Face to Face».

Una vez en el interior del local, las recibió Miguel Ángel Duarte. La última vez que lo habían visto iba vestido de entrenador deportivo y ahora lucía muy elegante, con un traje negro y una camisa bordó. Lanzó una catarata de adulaciones como saludo y luego les presentó a una mujer de unos cuarenta años, teñida de rubio, y que a la Rey le pareció un catálogo de cirugías estéticas. Rocío era la esposa de Duarte, y sería desde ese momento «la jefa directa» de las tres. «Acá adentro tienen que hacer lo que ella les diga», dijo el falso director técnico con una sonrisa y prometió volver al final de la noche para saber cómo les había ido. A la Rey le llamó la atención la frase «al final de la noche». Sonaba a título de película. No era la primera vez que el final de la noche se le aparecía como un lugar incierto y peligroso.

Rocío hablaba con frases cortas y, a diferencia de su marido, rara vez sonreía. Les fue presentando, uno a uno, a todo el personal: cajeros, camareras, encargados de la barra, empleados de seguridad y hasta dos DJ a los que mencionó como «residentes» (con el correr de las semanas se enteraron de que también tenían DJ «invitados» que cambiaban cada semana). En el local todos eran paraguayos menos tres «seguratas», como le decían en España al personal de seguridad, que eran rumanos. Tres tipos altos y musculosos que, por el aspecto, parecían ex soldados. Mientras hacían el recorrido, las luces del salón comenzaron a titilar y desde las columnas de sonido se derramó una sucesión de temas que iban del reguetón a la música electrónica. «En una hora abrimos las puertas», les anunció.

Rocío le entregó un teléfono a cada una: «Me tienen agendada y también a Cholo y Rudy, por si necesitamos comunicarnos. No pueden hacer llamadas a otros teléfonos, sí pueden recibir las que quieran», les dijo. Después las llevó a recorrer los dos espacios VIP que había en la disco, uno en la planta baja y otro en el primer piso, y les explicó la tarea que debían realizar en esa zona. Esencialmente acompañar a los visitantes que ella misma les iría indicando e incitarlos a gastar la mayor cantidad de dinero posible. Hacerlos beber y que las invitaran. Además, tenían que tratarlos de manera amable: «Con cariño, con simpatía, queremos que gasten su dinero y que vuelvan, así ganamos todos», dijo. Y si alguno de los acompañantes quería algo más, debían avisar para que ella les indicara qué hacer.

Betty y Marta se miraron, pero no dijeron nada. Rocío percibió la duda y les dijo que hablaría con cada una antes de que se abrieran las puertas al público.

La Rey fue la primera en sentarse frente la esposa de Duarte en la pequeña oficina que estaba cerca de los sanitarios. Alcanzó a ver una máquina de contar billetes más moderna que la que tenían los Villalba. Una pequeña escultura de la Virgen de la Almudena, la patrona de Madrid. En las paredes colgaban afiches con anuncios de distintos shows y una pizarra donde aparecían nombres y horarios. A la derecha del escritorio había un fichero de los antiguos. «En esa oficina seguramente se hacían los pagos y se llevaba la contabilidad del negocio», pensó la Rey.

Rocío Duarte fue directa: «Lo primero, no queremos que el pasado afecte tu trabajo. A partir de ahora te llamás Lucía». La Rey asintió con la cabeza, estaba dispuesta a no confrontar. «Se pelea solo cuando hay chance de ganar», la frase de Ramón volvía a ubicarla. Sabía que en ese momento tenía todas las de perder.

—Aquí el trabajo es simple —dijo Rocío, abriendo un cuaderno de tapas negras—, ustedes tienen que devolver la plata que invertimos en el pasaje a España, los gastos de alimentación y ropa. En tu caso, Lucía, la deuda es de ocho mil setecientos euros. Cuando completes el pago, podrás disponer de lo que ganes acá.

—Yo pagué dos mil dólares para poder venir... —protestó la Rey.

—Lo que pagaste en Buenos Aires quedó en Buenos Aires. Tu deuda con nosotros es de ocho mil setecientos euros. Hasta ahora.

La Rey no dijo nada más y Rocío continuó con la explicación:

—Vas a tener que conseguir el dinero para pagarnos y acá hay dos maneras de hacerlo. Cobrando el salario básico de cincuenta euros por noche y atendiendo a los clientes en todo lo que pidan. En ese caso, la paga se duplica por cada servicio.

La Rey se mantuvo en silencio.

—¿Alguna duda? ¿Preguntas? —había un tono burlón en la manera de interrogar.

La Rey tragó su bronca y negó con la cabeza, pero antes de levantarse de la silla, dijo:

—Ciento setenta y cuatro.

—¿Qué es eso?

—Ciento setenta y cuatro noches con el salario básico. Es lo que hace falta para llegar a ocho mil setecientos euros —dijo la Rey.

Rocío la fulminó con la mirada.

—Una zorra inteligente, qué sorpresa. Eso sin contar la comida y el alojamiento, pero sí, es el número correcto. Parece que eres buena para las matemáticas. Ahora fuera, déjame la oficina libre. Hala, a trabajar.

Sus compañeras también pasaron por charlas similares. Sus deudas eran todavía más grandes, superaban los diez mil euros. Antes de la apertura del local, estuvieron durante un rato en el baño consolándose. A Betty se le caían las lágrimas y eso le afectaba el maquillaje. Entendían al fin que no podrían mandar dinero a sus familias en mucho tiempo. La Rey les sugirió tranquilizarse y hacer todo lo que les pidieran. Ya habría tiempo de pensar en una salida.

En esa primera noche, a ella le asignaron solo un cliente. Era un empresario paraguayo que había llegado a Madrid esa misma semana para acordar la venta de tabaco. Según contó, entre un brindis y otro, esa misma tarde había logrado cerrar la primera de una serie de operaciones de exportación que lo harían ganar una fortuna. Estaba eufórico y quería festejar. Bebieron, bailaron y charlaron hasta el horario de cierre. La Rey le preguntaba con sincera curiosidad sobre su actividad y sobre su vida personal. Sabía que tenía que encontrar una vía de escape y no tenía idea de dónde podía aparecer esa ventana. Por lo pronto, había decidido estar atenta a todo. «Tenés que ser como los gatos, Blanquita, que no duermen ni cuando duermen», decía Ramón.

El empresario se llamaba Juan Fernando Romero, tenía sesenta y dos años y una familia numerosa que lo esperaba en Asunción. Hacía una década que había heredado los negocios de su suegro fallecido de un ataque al corazón. Esa muerte le permitió pasar de empleado, acomodado por el lazo familiar, a director de la tabacalera. De más está decir que disfrutaba con la nueva situación.

Cuando la Rey quiso despedirse, el señor Romero le dijo que quería quedarse con ella. Llevarla a un lugar más tranquilo para seguir conversando, porque no siempre se encuentra gente «tan dispuesta a escuchar». La Rey argumentó que era demasiado tarde, que mejor se veían al día siguiente, pero no hubo caso. Rocío Duarte se acercó en pleno intercambio y preguntó: «¿Qué quiere, señor Romero?». Y el señor Romero lo explicó de una manera brutal y directa: «Quiero quedarme con ella», dijo. Y no hizo falta más. «Nosotros tenemos un espacio ideal para que no tenga que interrumpir la charla», le dijo Rocío. Luego le hizo una seña a uno de los custodios rumanos y el tipo los acompañó hasta la calle.

Mientras caminaban hasta la puerta, la Rey intentó ubicar a sus compañeras, pero no alcanzó a verlas. A diferencia de ella, las dos habían estado alternando con distintos clientes. Cuando salió a la vereda, la recibió el aire fresco. La brisa de la madrugada terminó de espabilarla. A pesar de la sugerencia del guardia, no se puso la campera.

—¿Vamos lejos? —le preguntó.

—No —dijo el tipo al que le habían presentado como Jacko. Cruzaron la calle y avanzaron unos cien metros en dirección a la otra esquina.

Llegaron a un edificio con balcones al frente y ladrillos color naranja. Jacko abrió la puerta de entrada y los acompañó hasta el piso siete, sacó otra llave y abrió la puerta del departamento señalizado con una letra C. Encendió las luces, chequeó el contenido de la heladera. Y antes de salir, dijo: «Señor Romero, en una hora lo vengo a buscar. Estaré abajo por si me necesita».

El piso tenía un living comedor que daba a un balcón interno, una cocina pequeña, una habitación con cama doble y un baño. Estaba decorado como las viviendas que se alquilan a turistas y que nadie habita con cariño. Juan Fer, como le había pedido que lo llamara, encendió el equipo de música que estaba sobre un mueble esquinero y al ritmo de una canción de Madonna fue a preparar unos gin tonics. Era evidente que no era su primera vez allí. «Vamos a pasarla bien», dijo antes de entrar a la cocina. Arrastraba las palabras como lo hacen quienes bebieron demasiado.

La Rey aprovechó para ir al baño. Sentada en el inodoro, analizó sus próximos pasos. Volvió a pensar en los consejos de Ramón, pero ninguna de sus frases aparecía para darle ánimo. Pensó que tal vez su hombre ya no volvería a susurrar en su cabeza. No alcanzó a ponerse triste, recordó una frase: «Reducción de daños». Era un concepto que les había escuchado a los asistentes sociales que llegaban al barrio para tratar a los adictos. Eso tenía que hacer: «Cuando se está en la mala, hay que reducir los daños».

Al volver al living se prestó al juego. Bailó, esnifó cocaína y bebió con el empresario. Se dejó besar y tocar. Y pidió otro trago y estiró el momento del sexo lo más que pudo. «Una hora», había dicho el de seguridad. Podía aguantar. Pero Romero no era tonto. En un momento la agarró de la mano y la llevó a la habitación. Sus modales cambiaron y se volvieron imperativos. Ella se soltó y amagó con salir del cuarto. Romero entonces apeló al guaraní para ordenarle que se acercara: «*Eju chéve ápe*». Ella avanzó hacia él y se dejó desvestir. Luego él la empujó sobre la cama y empezó a besarla y sobarle el cuerpo por todos lados. La Rey sentía su lengua y su aliento a alcohol. Lo dejó hacer, no sentía asco. No sentía nada en particular, solo algo de fastidio. Era como si su cuerpo no le perteneciera. Clavó la vista en la lámpara del techo, un globo blanco que guardaba una bombilla de luz amarilla. El señor Romero decidió apagarla antes de volver a abalanzarse sobre ella. La habitación quedó apenas iluminada por la luz que provenía del living. La Rey lo dejó hacer, pero sin ayudarlo. Él se quitó la ropa como pudo e intentó penetrarla. Ella percibió la endeblez de su erección. Romero siguió besándola y frotando su miembro sobre su entrepierna, pero no logró el objetivo.

«Ya está, ya, dejame a mí», le dijo y lo volteó hacia un lado, y fue él quien quedó mirando hacia el techo. Ella empezó a jugar con esa pija un tanto pequeña que no reaccionaba. La besó y lamió hasta que logró la erección. Prosiguió la tarea a pesar de los ruegos del hombre para que se sentara sobre él y lo dejara cogerla. Ella era la que mandaba ahora. Siguió jugando hasta lograr que eyaculara. Inmediatamente se puso de pie y fue hasta el baño. Mientras se lavaba las manos, escuchó que Jacko entraba al departamento.

Cuando salió, Romero y el custodio ya no estaban allí. Aprovechó para darse una ducha rápida, su cuerpo estaba empapado de sudor. Luego se vistió y, cuando estaba por probar si la puerta estaba abierta, Jacko entró al departamento. «Te tengo que llevar hasta la casa», le dijo. No alcanzó a contestarle cuando el tipo la agarró de los dos brazos y comenzó a besarla. Ella trató de resistirse, pero no logró zafarse de ese abrazo. El rumano la dio vuelta, la apoyó contra la mesa del living y le aplastó la cabeza contra la superficie de madera. «Quieta», dijo. La Rey volvió a obedecer. Él le levantó la falda, le bajó la tanga y le abrió las piernas golpeándole los tacones con sus borceguíes. «Así que no quisiste que te la metan —le susurró al oído—, tienes que aprender que acá no puedes decir que no». La Rey volvió a calibrar la situación. No tenía sentido ninguna resistencia. Se aferró con las dos manos a los bordes de la mesa y lo dejó hacer.

Fue rápido. O el tipo estaba muy caliente o eyaculaba con demasiada facilidad. Ella casi ni se movió ante las embestidas reiteradas. Era como si lograse salir de la escena, le bastaba con fijar la vista en algún punto y olvidarse de su cuerpo. Esta podría ser su cuarta habilidad. Puso toda su atención en una pequeña araña que se deslizaba sobre un jarrón azul que gobernaba el único mueble del living. Al principio pensó que se trataba de otro insecto, una hormiga tal vez, pero no: era una araña. Estaba a un metro de su nariz. En su situación pocos podrían advertir su recorrido, pero ella tenía muy buena vista. Eso le decía Ramón cada vez que salían a practicar tiro.

Recordó que a él no le gustaban las arañas y la aparición de alguna en la casa de la Villa 31 siempre precipitaba una discusión. Ramón optaba por matarlas, pero ella las defendía. Si el bicho era demasiado grande para que su compañero aceptara una fugaz convivencia, la Rey se ocupaba de colocarla sobre un papel o dentro de un frasco para luego liberarla en alguna maceta o en la calle. Era su insecto preferido. Adoraba la laboriosidad y eficacia a la hora de construir sus telares de seda y se sentía identificada con sus maneras de esperar. «Tengo la paciencia de la araña», decía.

Cuando lo sintió terminar ni siquiera se movió. Él le acarició la cabeza en un gesto torpe y volvió a apoyarse en la mesa. La Rey detuvo ahora su vista en la serpiente que tenía tatuada Jacko en la mano derecha: la cola enroscada en la muñeca y la cabeza sobre el pulgar. En la posición en la que estaba la mano el reptil de tinta parecía mirarla. Esperó a que el tipo saliera de su cuerpo y fuese al baño para despegar lentamente su tórax de la mesa. Jacko había usado un preservativo por lo cual decidió no ir a limpiarse. Se acomodó la ropa y, como la llave estaba puesta en la cerradura, abrió la puerta y salió del departamento. Mientras presionaba el botón del ascensor, escuchó cómo el custodio cerraba la puerta a su espalda. Entraron juntos a la cabina de metal y recién se miraron al llegar a la planta baja. Él le dijo: «Perdón, tía». La Rey le sostuvo la mirada y no dijo nada, a esa altura se había convertido en una experta en procesar la ira. Jacko había ingresado en su lista de enemigos personales. Era difícil imaginar, en ese momento, cómo lograría redimirse.

22

El profesor Brown regresó pronto, pero solo para avisar que le habían pedido quince minutos de tolerancia para ubicar el documento solicitado y convocarlos a la sala principal de lectura. Salvador aprovechó para ir hasta los sanitarios. De paso podría recorrer un poco más el edificio y calmar su ansiedad. Se sentía cerca de la revelación de un secreto con el que estaba involucrado desde hacía años.

Al lavarse las manos, se detuvo un instante frente al espejo. La imagen respondía a su estado de ánimo. Se veía cansado, pero feliz. Pensó que cualquiera podría notar la expectación que expresaba su cara esa mañana. El paso de los años no le había quitado la pasión por el conocimiento. Desde que era un niño, la necesidad de saber se instalaba en su cuerpo como una sed y lo empujaba a seguir aprendiendo, buscando y preguntando. Una sed imposible de saciar.

Vinieron a su mente las tardes enteras que pasaba junto a la biblioteca familiar jugando y revisando las grandes enciclopedias que compraba su padre: el *Diccionario ilustrado Monitor*, que tanto utilizó en la escuela ya que contaba con muchos mapas para calcar; *La Guerra Civil Española*, una colección que su papá seguía como si cada entrega cubriera el conflicto en tiempo real; la *Historia de la música*, que incluía una serie de vinilos; *Segunda Guerra Mundial*, repleto de reproducciones de batallas, y la *Historia del arte Salvat*. Tomos grandes y pesados, que quedaron atrás cuando su familia tuvo que abandonar el país.

Salvador no tenía problema a la hora de leer libros digitales, pero solo lo hacía cuando no podía conseguirlos en papel. Por eso se sentía tan cómodo en ese edificio enorme con múltiples espacios, que albergaba, según le habían dicho, unos doce millones de ejemplares. «Es que los libros están vivos —insistía ante sus alumnos—, envejecen con nosotros y como nosotros. Objetos perfectos que se conservan toda la vida, que pasan de generación en generación y también, como las personas, se deterioran y mueren».

Salvador estaba convencido de que cada libro opera sobre quien lo lee, pero a la vez cada lector tiene la capacidad de transformar el libro que lee, por eso ningún ejemplar era igual a otro. Su prédica ante sus alumnos era recurrente: «Los libros acumulan marcas, cicatrices, anotaciones al margen y otros secretos entre sus páginas. El e-book, en cambio, vive para siempre en su matriz digital y solo nos pertenece en el momento fugaz de la lectura. Luego desaparece». Más allá de los esfuerzos que hacía en sus clases, sabía que predicaba en el desierto. Sus estudiantes se habían criado leyendo libros digitales y no tenían mayor valoración por un texto por el solo hecho de que estuviese impreso en papel. Estaban más allá del objeto, valoraban los «accesos» que la tecnología les presentaba y la mayor parte de esas puertas eran intangibles. No quería oponerse a esa tendencia que consideraba irreversible, pero no dejaba de defender a los libros cada vez que tenía una oportunidad.

Dos jóvenes que entraron al baño riendo a carcajadas lo hicieron volver a la realidad. Uno de los chicos se colocó a su lado y, en un movimiento rápido, sacó de su bolsillo un pequeño peine. Luego abrió la canilla y se acomodó el cabello hacia atrás, con la ayuda del agua, dejándolo bien estirado. Salvador se quedó mirando el reflejo del muchacho y su eficaz operación de mejoramiento estético. El pibe le dedicó una media sonrisa, parecía conforme con su doble. Luego, antes de salir de los servicios, le propuso a su colega que se tomaran una selfie. Salvador se ofreció a hacerles la foto, pero le dijeron que no, que no hacía falta.

Volvió a mirar su reflejo. «Con la proliferación de pantallas, enfrentar la propia imagen se convirtió en una operación mecánica para el mamífero humano», pensó. En general, un espejo tranquiliza. Es fiel, disciplinado, no traiciona. Esa es su función en el mundo. Pero aun con ese nivel absoluto de previsibilidad nunca deja de ser un objeto extraordinario.

Desde sus primeras lecturas, Salvador había descubierto que en la literatura había muchos ejemplos de los misteriosos poderes de ese «cristal impenetrable», como lo definió Borges. Desde la cruel madrastra de Blancanieves que ante su impiadoso espejo preguntaba: «Espejito, espejito, ¿quién es la más hermosa del reino?», hasta la obsesión de Dorian Gray, el personaje de Oscar Wilde que quería verse por siempre joven. Desde el mito del pobre Narciso narrado por Ovidio, ahogándose en su propia imagen, hasta el espejo creado por Lewis Carroll para una niña llamada Alicia. Quizás este último era el espejo literario más parecido al que manipuló el doctor Dee: un espejo que no solo reflejaba, sino que permitía ingresar a otros mundos.

Salvador salió de los sanitarios pensando en una coincidencia en la que no había reparado hasta ese momento: a Lewis Carroll, como a John Dee, lo apasionaban los números. Recordó que el primero había escrito algunos libros con juegos de cálculos y que había dedicado tiempo al estudio de las paradojas. Se prometió averiguar más sobre esa faceta del autor de *Alicia en el país de las maravillas*, pero a la vuelta de su viaje porque ahora su prioridad era Dee y sus experimentos.

Cuando regresó a la sala de lectura, el profesor Brown lo esperaba con una mueca de satisfacción en su rostro redondo y rosado. Se acercaron al recinto de consultas, allí los aguardaba un empleado de la biblioteca. El profesor mostró su carné y el papel impreso que ratificaba su solicitud con la fecha y el horario de la consulta. Salvador hizo lo propio con su credencial.

El empleado, un tipo bajito y de bigotes finos, se colocó unos guantes blancos de algodón y retiró el manuscrito de una caja de cartón atada con una suerte de piolín. Lo desplegó con cuidado sobre una de las mesas y con un gesto habilitó el acercamiento al documento. Antes pidió, muy amablemente, que se colocaran los guantes que les había dejado a un costado.

Salvador se quitó el saco, lo dejó en el respaldo de la silla, se sentó frente a su colega y le pidió autorización para registrar la lectura con su grabadora digital. También sacó su libreta, estaba decidido a tomar apuntes porque no quería perder ningún detalle. Después de asentir con la cabeza, el profesor Brown se calzó unos anteojos pequeños y redondos, tomó el documento con sus manos enguantadas y durante unos minutos estuvo leyendo sin emitir palabra. Brown se había ofrecido a leer el manuscrito en voz alta para su colega, porque estaba familiarizado con el inglés antiguo y, según le dijo, eso facilitaría la comprensión del texto. Recién cuando notó que Salvador se impacientaba, empezó a hablar.

—Lo primero que tengo para decir es que a este documento le faltan por lo menos dos folios. Esto impide que se identifique el lugar donde se realizó la experiencia —dijo. Aquí se detuvo un instante y, mirando a Salvador directo a los ojos, aventuró—: probablemente se trate de una suerte de laboratorio alquímico, como se denominaba entonces a esos gabinetes, preparado para la ocasión en una de las tantas cortes de Europa central a las que John Dee visitaba por esos años. —Luego agregó—: Tampoco consta la fecha del encuentro, aunque coincido con la estimación que hicieron mis colegas cuando lo revisaron: dentro del período que va desde 1582 a 1585.

—Eso es antes de que Dee volviera a Inglaterra para nunca más salir —dijo Salvador sin ánimo de demorar la lectura.

—Exacto. Que falten la hoja inicial y la última del documento no parece algo inocente. Si bien no quiero hacer especulaciones, alguien evitó que quedaran consignados datos importantes como los nombres de quienes se presentaron ante el doctor Dee, más allá de la eliminación de la fecha y el lugar. De todas formas, la escena está completa. Se describe desde la perspectiva de un testigo, seguramente su compañero de aventuras: Edward Kelley. Como usted sabrá, fue la persona que inició a Dee en las ciencias herméticas —explicó el profesor Brown—. Juntos estudiaron los rituales mágicos de la Qabalah y por años afirmaron que habían logrado comunicarse con espíritus a través de un alfabeto denominado «enoquiano», en referencia al patriarca Enoch, pero no quiero complicarlo con eso...

—Algo leí, en las memorias de Kelley, sobre ese lenguaje supuestamente utilizado para hablar con ángeles. En cambio, son muy pocas las referencias a la utilización del espejo negro.

—Cierto, y como este es su principal foco de interés, no me demoraré en esas cuestiones —dijo Brown y comenzó a leer:

Digo pues, que, estando todos en la sala, hizo ingreso Su Majestad, acompañado de dos consejeros de la Corte, y tomando a Doctor Dee por las manos, dijo: «La esperanza me ha guiado a su encuentro, buen señor».

El inglés pronunciado por Brown adquiría en la mente de Salvador la forma del español antiguo. Le hizo recordar a algunos de los escritos de su admirado Bernardino Sahagún que tanto había estudiado.

A lo que Doctor Dee respondiole: «¡Oh, Gran Rey, me honráis con vuestra confianza! Lo que en esta sala Vuestra Merced viere, será la esencia máxima espiritual que se encuentra más allá del cuerpo físico y del astral, pero no por ello desligada de nosotros. Lo que acontezca será por vuestra gracia».

«Dios así lo quiera», dijo el Rey y fue a sentarse frente al Doctor Dee. Quien volvió a hablar: «La Santa Madre Iglesia bendice vuestro pedido. Esta metamorfosis, os lo aseguro, podrá transmutar la visión de la vida y del universo. Su manipulación por parte de malas manos ocasionaría desastres. He aquí la verdadera invisibilidad del mago, sin discusiones ni blasfemias. Dios nos guía».

Doctor Dee esperó a que los dos consejeros tomaran asiento por detrás del Rey, les rogó a todos por silencio.

Anunció que iba a presentar un objeto de calidades divinas. Sin decir más, quitó la manta de seda roja que ocultaba el espejo negro. Lo colocó sobre una base de madera que lo mantenía en posición vertical frente al Rey y luego dijo:

«La antigüedad imaginó tres mundos. Los grandes sabios lo describieron así: el más alto el ultramundano que los teólogos llaman "angélico", y los filósofos, a su vez, "inteligible" del cual dice Platón en el Fedro *que nadie lo ha cantado como su dignidad lo merece. Inmediato a él está el mundo celeste. Último de todos, este mundo sublunar que nosotros habitamos. ¿Es posible comunicarse con quienes permanecen en los otros mundos? La respuesta es sí. Existen imágenes omniformes del Sol y de la Luna que son fuentes de energía; pues son de algún modo semejantes a las de nuestros espejos, que reflejan las similitudes de las imágenes con émulo esplendor. El espejo negro es el secreto mejor guardado de la historia, mi Señor».*

Doctor Dee se acercó al Rey, dijo: «Este disco exquisitamente pulido proviene de lo que suele nombrarse Nue-

vo Mundo, Vuestra Excelencia. Lo utilizan sus magos para rituales sagrados. Desde que llegó a mi dominio he sido testigo de sus poderes. A simple vista parece carecer de utilidad, pero no es así, os lo aseguro. El espejo es puente espiritual».

«Todos en esta sala sabéis que vivimos rodeados de presencias no visibles. Esa certidumbre nos abruma. Están aquí, pero no logramos verlos ni escucharlos. Pues os traigo una buena nueva: es posible establecer contacto. Pero sean ya suficientes las palabras, no quiero que os canséis de oír digresiones vacuas».

Dirigiéndose al Rey, dijo: «Su Majestad, os ruego que os acerquéis al espejo. Nada hay que temer. Es actividad piadosa. No hay mal que pueda encontrarse en este intento».

El Rey dijo: «Nada temo, caballero. Agradezco el deseo de favorecerme».

Doctor Dee dijo: «Majestad, os ruego que piense en la persona que desea evocar. Creo mi Señor que será más fácil si cierra los ojos y piensa con intensidad en ese ser que tanto bien le ha pronosticado. Permitid que su mente atraiga al espíritu amado».

Doctor Dee colocose detrás del Rey, diciéndole: «Majestad, ¡abrid los ojos y mirad hacia la profundidad del espejo! ¡Agora!».

El Rey mantúvose con la mirada en el espejo negro. El cuerpo levemente inclinado hacia adelante como si el espejo pudiera llevarlo hacia su interior. Así permaneció hasta que lanzó un grito, su cara se deformó en una mueca de espanto y cayó al piso desmayado. Los dos consejeros de la Corte acudieron a socorrer al Rey, quien lentamen-

te fue recuperando compostura. Acercáronle una copa de vino de la que bebió varios tragos.

Cuando pudo hablar, Su Majestad dijo: «Pude ver, la pude ver, ¡qué regocijo! Estaba entre nubes azules. Fermosa como la vi la vez primera. Se acercaba y me miraba con infinita dulzura, pero estando cerca su cara se empezó a transformar en sufrimiento, como si necesitase desesperada ayuda. Su dolor era tan real que no soporté asistir a su tormento. ¡Santo Dios del Cielo! ¿Cree que podré hablar con ella?».

Doctor Dee, que había escuchado en silencio las recriminaciones que le hicieron los consejeros de Palacio, respondió: «Por Dios juro y por vuestra grandeza que estas visiones que tuvisteis os pertenecen. El espejo logra transmutarlas, pero no os engañéis. Aquí un ojo vulgar no verá más que oscuridad, se desesperará y maldecirá. Pero quien sepa ver, Vuestra Excelencia, se iluminará de gozo».

Los consejeros tomaron al Rey por los brazos y lo acompañaron por fuera del aposento. Con voz temblorosa Su Majestad volvió unos pasos para agradecer a Doctor Dee «por su infinita bondad y misericordia».

A lo que Doctor Dee respondió: «Sagrado, Sagrado, Sagrado, Señor Dios omnipotente quien es, fue y está por venir. Al poder de Dios ninguna cosa es imposible».

—Y con esta frase termina el relato —dijo el profesor Brown quitándose las gafas.

—¿No hay nada más? —preguntó Salvador.

—No, pero como le dije, este documento es apenas una parte de un registro más amplio de experiencias con el espejo negro.

—¿Cree que puede haber más testimonios documentados?

—Difícil saberlo. Puede que hayan sido destruidos por precaución o por temor. O que existan y estén perdidos en alguno de los palacios visitados por Dee y Kelley. Incluso puede que estén mal clasificados en esta u otra biblioteca de Europa.

—Por lo que pude averiguar, Dee tenía la costumbre de dar cuenta de sus comprobaciones por escrito, era parte de su metodología de trabajo.

—Así es. Hasta que se separaron, Kelley era proclive a esa misma práctica. Incluso se podría indagar si alguien, además de Kelley, dejó constancia de estos experimentos con el espejo negro.

—¿Quién podría haberlo hecho? —interrogó Salvador.

—Alguno de los que tuvieron la fortuna de participar de esos encuentros. Habría que revisar si en la correspondencia de Rodolfo II, por ejemplo, existe alguna referencia a sus intentos de contactar a sus espíritus queridos.

—¿Realmente cree que pueden encontrarse otros indicios de las prácticas de Dee con el espejo, profesor Brown?

—No lo sé, solo estoy deduciendo. La otra opción es que el monarca que se desvanece ante Dee sea el célebre Esteban I, un conde húngaro que fue príncipe de Transilvania y rey de Polonia. Según nuestras investigaciones, en esos años Dee y Kelley se presentaron ante ambos. En su lugar, no perdería la esperanza de que puedan aparecer más registros sobre estos singulares experimentos.

—Deseo que tenga razón. El problema es que, si esos documentos existen, nadie los está buscando. Ahora bien, más allá de la existencia o no de otros escritos similares o complementarios, el que terminamos de leer dice lo que nadie había confirmado hasta ahora: el espejo negro funcionaba —dijo Salvador después de apagar la grabadora.

—Su conclusión es un tanto osada, mi querido colega —lo calmó Brown—. Lo que funcionaba a la perfección era el poder de sugestión que generaba Dee frente a sus interlocutores. Recuerde que por esos días hasta llegó a emplear una bola de cristal para hablar supuestamente con los ángeles. ¡Una bola de cristal! Nuestro admirado científico operaba a veces como el más rudimentario de los hechiceros. Esto es incontrastable. Aunque usted sabe que, a mi juicio, eso no hace mella en sus enormes aportes a la ciencia.

—Profesor Brown, usted acaba de leer la descripción de un experimento exitoso —replicó Salvador—. No estamos hablando de un truco de magia.

El inglés se tomó unos segundos en replicar, como si estuviera eligiendo sus palabras.

—Sin dudas, John Dee era un hombre extraordinario, pero creo que este aspecto de su actividad es el menos trascendente de su obra. Antes del encuentro con Kelley, era un matemático y astrónomo de prestigio, luego ingresó en una fase cuanto menos extraña. Dee era dueño de una mente prodigiosa, pero altamente sugestionable.

Salvador no respondió. No tenía sentido abrir un debate con la persona que acababa de brindarles un nuevo sentido a sus investigaciones sobre el espejo azteca.

—Es cierto —se limitó a decir, mientras el empleado guardaba el manuscrito en la caja de cartón—. Coincido con usted en que los aportes más destacados de John Dee se registran en otras áreas de la ciencia y el conocimiento, pero este aspecto completa al personaje de forma magnífica. Por esos años, ciencia y alquimia iban de la mano. Ser culto, me refiero a ser un estudioso en el siglo XVI, implicaba interesarse también por aquello que no tenía una explicación lógica. Eso habla de una curiosidad sin límites.

El profesor Brown aceptó la observación, pero evitó pronunciarse. Simplemente lo tomó del brazo y lo invitó a desandar el camino hacia las afueras de la biblioteca. Todavía tendrían mucho para conversar durante el almuerzo que habían decidido compartir en Oxford, antes de que Salvador tomara el tren de regreso a Londres.

23

El sol había barrido los restos de la noche cuando Jacko le franqueó la entrada a la casa de Rudy. La mujer la esperaba en el living, con la tele encendida. La Rey detuvo unos segundos la vista en la pantalla donde unos jóvenes conversaban en un jardín, en lo que parecía una situación de *Gran Hermano*: una de esas escenas en donde no hace falta entender lo que ocurre porque no ocurre nada relevante. «Se ve que te ha ido bien», dijo la tía Rudy después de saludarla con un beso en cada mejilla. Luego, sin esperar respuesta, le señaló la heladera: «Hay una vianda con tu nombre, comes y te vas a dormir», le ordenó. La Rey preguntó por sus compañeras y la tía Rudy le indicó que ya estaban durmiendo señalando la escalera. Al otro día se enteraría de que las dos habían tenido que aceptar que se las cogieran en distintos departamentos de la zona. Cuando tomó la vianda se sorprendió con el rótulo: Lucía, su nuevo nombre, estaba escrito con marcador rojo. Por la vigilancia y los controles, la casa de la tía Rudy era una suerte de *Gran Hermano*, pero sin ninguno de los beneficios del juego televisivo.

Comió tortilla fría y una ensalada de tomates y aceitunas. Bebió de una botella con agua, a tragos largos, casi sin respirar. Sintió que el agua que viajaba por su esófago limpiaba algo de la suciedad en la que había estado chapaleando. Se quitó las botas, tenía los pies hinchados, y subió descalza hasta su habitación. La tía Rudy permanecía frente a la pantalla sin inmutarse, como si la hubiese olvidado. La Rey llegó a la planta alta y fue hasta el baño, se quitó el maquillaje y orinó. Cuando salió, Rudy la estaba esperando para cerrar la puerta de su cuarto justo después que ella ingresara. Era un gesto innecesario ya que podía cerrar la puerta más tarde, pero la Rey lo entendió claramente. Era su forma de recordarle que estaba prisionera y a su entera disposición.

Se desvistió mecánicamente, se sentó en la cama y abrió la pequeña caja donde guardaba la obsidiana. Desde que había salido de Buenos Aires mirar la piedra antes de dormir se había convertido en una suerte de ritual. No siempre veía cosas, las dimensiones de la piedra no ayudaban a distinguir con nitidez las imágenes, era como asomarse a un espejo de mano, pero a veces ocurría y esa sola posibilidad justificaba buscar en su oscuridad. Se concentró unos minutos en la negrura hasta que comenzó a ver destellos tenues y figuras, distinguió algo difusa la imagen de una mujer. Primero pensó que era su madre, pero luego pudo ver claramente a Maruca bebiendo en la barra de un bar. Fue apenas un instante. Cuando empezó a fijar detalles del entorno, la imagen de su amiga desapareció y se fundió a negro y azul. Tuvo la tentación de pedirle ayuda a la piedra, pero enseguida lo desestimó recordando las advertencias de su abuela. Guardó su tesoro en la caja y se metió debajo del cobertor. Hasta ese día había sufrido por la ausencia de su amiga, en Madrid no tenía en quién refugiar su angustia, pero ahora la veía como una posibilidad de fuga. Sintió que la imagen era una señal. Maruca siempre había representado eso para ella, una vía de escape y, a la vez, un refugio.

Durante el almuerzo, la tía Rudy les explicó a las tres que habían logrado duplicar la paga por el servicio a los clientes de la noche anterior y siguió, por un rato, con una suerte de sermón. Que habían tenido suerte. Que eran chicas afortunadas. Que habían logrado bajar la deuda por el traslado. Que tenían que aprovechar este momento. Que seguramente tendrían noches donde nadie pidiese por ellas. Que si seguían haciendo las cosas bien, pronto podrían mandar dinero a sus familias... y otras muchas cosas más.

La escucharon en silencio hasta que Betty comenzó a llorar. Marta la abrazó.

—Ella no está preparada para esto —dijo la Rey.

—Para abrir las piernas cuando hace falta no se necesita mucha preparación —dijo la tía Rudy.

—No es por eso... —intentó argumentar Marta.

—Basta de gilipolleces —la cortó Rudy—. Habéis venido a España a ganar plata, no os hagáis las inocentes ahora. A ganar plata abriendo las piernas. Cuando canceléis la deuda os ponéis un candado, pero antes no.

Y le alcanzó a Betty un vaso de agua.

La Rey empezó a pensar en un plan de huida ese mismo día, pero decidió no compartirlo con sus compañeras de desventura. Tenía que encontrar el modo de poder enviarle un mensaje a la única persona en el mundo que estaría dispuesta a ayudarla. Se decidió a construir una relación de confianza con Juan Fer.

Y lo logró. En tres meses de trabajo en la disco, el empresario se había convertido en su cliente más fiel: siempre pedía por ella. Era además el más amable de los hombres con los que había tenido que intimar. Juan Fer aceptaba sus condiciones cada vez que iban al departamento y la trataba como a una amiga. La Rey estaba convencida de que, así como manipulaba su pija, también podría manipular su cabeza. Romero viajaba cada dos semanas a Madrid desde Asunción y una noche le contó que también visitaba Buenos Aires. Fue en ese momento que la Rey descubrió una hendija en su prisión.

Después de pensarlo muy bien, le pidió un favor disfrazado de recomendación. No podía arriesgarse a que le contase a Rocío Duarte sobre cualquier gestión que se interpretara como un pedido de ayuda. No sabía cuáles podrían ser las consecuencias. Le hizo un planteo simple y desinteresado: «Si buscás a alguien que te trate como yo en Buenos Aires tenés que contactar a Maruca, una chica divina que trabaja en un bar del Bajo», le dijo. Estaba convencida de que la promesa de buen sexo iba a ser suficiente para que Juan Fer se entusiasmara con buscarla. La jugada era simple: que el empresario de Asunción le contara a su amiga algo de lo que estaba haciendo ella en las noches de Madrid. A Maruca no le haría falta más información para entender que estaba trabajando contra su voluntad.

«Te va a gustar —le dijo, acercándose sensualmente—, ella me enseñó mucho de lo que sé». Juan Fer estaba por salir del departamento, pero la Rey lo retuvo con un abrazo antes de que pudiese abrir la puerta. «El bar se llama Sagitario, te va a volver loco», agregó mientras se deslizaba por su cuerpo. Esta era su botella lanzada al mar.

En tanto, tenía que concentrarse en sobrevivir. Las visiones que le devolvía la piedra, cuando se quedaba mirándola, la mostraban feliz, corriendo o jugando con su madre en Caazapá o viajando en moto abrazada a la espalda de Ramón. Siempre afuera, con espacio y cielo azul. Las interpretaba como augurios. Estaba convencida de que muy pronto saldría de allí. Consolidó su estrategia de no confrontar ni con Rudy ni con Duarte y su esposa. Se convirtió en una de las empleadas más obedientes de la disco de los paraguayos.

Esa actitud le evitó problemas, pero la llevó a participar de cuanto servicio le quisieran proponer. Lo único que no aceptaba era que le pegaran o le hicieran daño. Por fortuna, esa era una de las normas de la casa. Las chicas no podían aparecer marcadas ni lastimadas. Todos los clientes lo sabían.

Las represalias ante cualquier extralimitación estaban a cargo de Jacko, quien con el correr de los días había cambiado la actitud hacia ella. La Rey percibió que le daba un trato preferencial, que se manifestaba en mensajes protectores: «Estoy para lo que necesites», «No quiero que nadie te lastime» o «Si pasa algo malo, estaré cerca». Al principio, la Rey pensó que el rumano estaba expiando algo de culpa por la violación de la primera noche, pero con el tiempo comprendió que, simplemente, se había enamorado de ella. Aunque la Rey era de las personas que no olvidaban una afrenta, en la situación en la que se encontraba el sentimiento que había despertado en Jacko era una oportunidad. Empezó a corresponder cada uno de sus gestos.

Desde entonces mantenían relaciones en forma esporádica y clandestina, porque los custodios tenían prohibido intimar con las mujeres que trabajaban en el club, y Jacko tomaba ese riesgo. En uno de sus encuentros, el rumano le pidió perdón por haberla forzado la noche en que se conocieron y le aseguró que estaba dispuesto a ayudarla. Si bien a la Rey no la unía ningún sentimiento con Jacko, su promesa de ayuda era mejor que nada. Además, valoraba que alguien en ese lugar la cogiera por amor.

Un domingo, el día menos concurrido en la disco, el señor Duarte le pidió a la Rey que lo esperara cuando terminara con el trabajo, dado que tenía que hablar con ella. Ese era el único día de la semana en que Rocío no trabajaba. Duarte la recibió en la pequeña oficina y le sirvió un whisky mientras él bebía una limonada. Le explicó que había dejado el alcohol para no sumar calorías. «Para mantener una buena figura es necesario hacer sacrificios», dijo y agregó: «En tu caso, todo está permitido. Te sentarían bien unos kilos más». Luego le indicó que apurara la bebida y volvió a servirle. Eso se había transformado en una constante en la disco, cuando se lo pedían tenía que beber alcohol, aunque no quisiese hacerlo. La Rey trataba de evitar la embriaguez, pero no era fácil. A veces creía que la drogaban sin que lo supiese, en otros momentos la obligaban a tomar pastillas o a esnifar coca.

Cuando terminó la segunda copa, Duarte le ordenó que se desnudara. La Rey dudó un momento, pero luego se desvistió de la cintura para abajo. Después, sin que Duarte se lo pidiera, se dio vuelta y se inclinó sobre el escritorio. Su objetivo era el mismo desde que había comenzado a trabajar allí, que todo pasara lo más rápido posible.

Con la primera embestida de Duarte, fijó la vista en la pequeña estatua de la Virgen de la Almudena. Le llamaba mucho la atención la manera algo displicente con la que sostenía al niño Jesús. Una mano en una pierna y la otra en la pancita del bebé. La Virgen de los Milagros de Caacupé, que reinaba en la casa de su abuela, no sostenía a nadie. Ahora que lo pensaba, le parecía una mujer más real. En Paraguay no se dudaba sobre su poder milagroso. Sin embargo, a Blanca Rosa no le cumplió ninguno de sus pedidos. Esa indiferencia ante sus ruegos había ido apagando su fe.

Por esa razón, a la Almudena tampoco le pidió nada. Y eso que, a partir de esa noche, estuvieron cara a cara muchas veces. El hombre que se había presentado como su salvador en el aeropuerto de Buenos Aires la sometió a su gusto cada vez que quiso hacerlo. En general, los domingos, cuando no había mucho trabajo y su esposa no estaba en el local. Duarte la convocaba a la pequeña oficina con cualquier excusa. A veces, invitaba a alguno de sus amigos para «que la disfrutara», como quien propone beber unas cañas.

Fue Rocío quien le contó la historia de la Almudena. La esposa de Duarte era una devota apasionada de la patrona de Madrid, incluso, le dijo que su cumpleaños, 9 de noviembre, coincidía con el día en que se celebra a «Nuestra Señora la Virgen». Le contó, además, que una imagen de la Almudena había permanecido tres siglos oculta dentro de un bloque de los muros de la antigua muralla árabe, con la intención de protegerla de los musulmanes.

Desde la primera vez que las manos de Duarte empezaron a recorrer su espalda, la Rey fijó sus ojos en los ojos pétreos de la Virgen y dejó que su cuerpo se sostuviera en soledad, mientras ella se alejaba. Se sentía como esa imagen de la Almudena que había permanecido oculta durante tres siglos. Ella también tenía que esperar pacientemente el momento de resucitar.

Y estaba segura de que lo haría, pero no para perdonar como la buena de María sino para vengarse.

24

En los tres meses que pasaron desde la partida de Blanca Rosa a España, Maruca no dejó de preguntar por ella. Las respuestas del Bicho no la conformaban.

Le decía que no tenía su paradero ni su teléfono y que por la seguridad de Blanca era mejor que no contaran con esa información. Pero sabía que estaba en algún lugar de Madrid trabajando como empleada para una tienda de ropa. A veces, para calmar la ansiedad de Maruca, le decía que pronto iban a poder hablar por teléfono, pero eso nunca ocurría.

Las historias que el Bicho iba desplegando ante cada pregunta terminaron por estallar por el aire cuando Maruca recibió la visita de Juan Fer en el bar Sagitario. La Rey no se había equivocado cuando apostó todas sus fichas en él. Más que una botella al mar, el empresario era un mensaje directo al corazón de su amiga. Juan Fer tenía todos los vicios de los nuevos ricos y la Rey había logrado acariciarle el ego, incluso, mejor que su pene. Sabía que no dejaría pasar un dato como el que le había dado. La única posibilidad de que su plan fallase quedaba reducida a que no le revelara a su amiga el origen de la recomendación.

Juan Fer fue a ver a Maruca la primera noche de su llegada a Buenos Aires. Le preguntó por ella al barman, que la convocó con un llamado por un intercomunicador interno. Ella, como siempre, trabajó al nuevo cliente con dedicación. Lo hizo beber y gastar todo lo que pudo y luego aceptó continuar, previa autorización del Bicho, en el departamento. Comprendió que su cliente era un mensaje recién cuando Juan Fer, desde la puerta del baño y antes de entrar en la ducha, le dijo: «Tu amiga Lucía tenía razón cuando me dijo que te buscara».

Maruca se incorporó de la cama, sorprendida.

—¿Qué Lucía? —preguntó.

—Tu amiga de Madrid —dijo el empresario. Maruca se contuvo y esperó a que Juan Fer saliera del baño para seguir conversando, aunque ya no tenía dudas de que se trataba de la Rey. Con mucho cuidado preguntó por Lucía. Sobre cómo estaba, cómo se veía y dónde estaba trabajando. Lo hizo solo para ratificar lo que en su mente ya era una certeza.

El empresario regresó al bar a la noche siguiente, su estadía porteña se limitaba a un fin de semana. Maruca volvió a llevarlo al departamento y aprovechó para recopilar más datos sobre el lugar donde trabajaba su amiga, procurando no demostrar un interés especial en ella. Ni siquiera le dijo a Juan Fer que la saludara de su parte, no hacía falta. Tenía la seguridad de que el empresario le comentaría que había aprovechado su recomendación. Ya contaba con el dato más relevante. Sabía que Blanca Rosa nunca ejercería la prostitución por voluntad propia. Y si la había contactado de esa manera era porque estaba en Madrid trabajando en una disco obligada por alguien.

Maruca se había mudado al departamento de la avenida Independencia que Bicho le había habilitado para trabajar. Ella nunca estuvo involucrada en los negocios de los Villalba, pero por su amistad con la Rey no quería tomar riesgos innecesarios. No había vuelto a la Villa 31 desde aquella noche, pero ahora creía que solamente allí podrían ayudarla. Tenía información sobre que los Sampedranos se habían reorganizado bajo la conducción de un nuevo jefe.

Después de un mes de confusión posterior a la masacre, en el barrio la situación había vuelto a emparejarse. Los paraguayos no tardaron en recomponerse. Alex Estrada, un pesado que mandaba a los Sampedranos de la Isla Maciel, fue convocado para contener el desbande provocado por el sangriento ataque de la Gente del Pueblo. Al nuevo jefe le decían Jonás, por los años que había pasado guardado dentro de la prisión. El apodo bíblico se explicaba también por su conversión al cristianismo evangélico y su atenta lectura de la Biblia durante la última estadía entre rejas. El relato contaba que, al ser arrojado al mar, Jonás fue engullido por una ballena, en cuyo interior permaneció tres días y tres noches. Arrepentido de sus pecados, volvió para cumplir con su mandato evangelizador. En el caso de Estrada, los días en la barriga de cemento fueron dos mil.

El nuevo capo no tardó en actuar. Los Sampedranos se cobraron las muertes de los hermanos Villalba con la misma moneda. Mataron a Jaime Salazar dos días antes de su partida a Lima. Lo atacaron desde dos motocicletas en el momento en que salía de Las Líneas de Nazca, un restaurante típico de la cocina peruana, ubicado en Villa Crespo. Le dispararon una docena de proyectiles, cinco impactaron en el cuerpo del ex guerrillero y le causaron la muerte. El ticket de avión que tenía en su pequeño bolso de mano cumplió el cometido de trasladarlo al cielo, pero sin pasar por Migraciones.

Ese mismo día mataron al Chato Morales. El killer fumaba tranquilamente en la puerta de un bar cerca de la cancha de Boca, en la previa a un clásico con River Plate. Estaba levemente apoyado en el capot de su auto cuando Carlitos, el soldadito que había ayudado a la Rey a escapar del barrio, se acercó para pedirle un cigarrillo. El Chato había tomado de más y se descuidó. A su alrededor circulaba mucha gente y el pibe tenía puesta la camiseta de Boca. Cuando quiso extraer un cigarrillo del paquete de Marlboro, Carlitos sacó de adentro de su campera un cuchillo pequeño y lo apuñaló en el cuello. El Chato cayó hacia atrás y quedó con medio cuerpo volcado sobre el capot. Cuando algunos hinchas que marchaban hacia el estadio comprendieron qué había pasado, Carlitos ya se había perdido entre la multitud que saltaba y cantaba enfervorizada. Al otro día, citando fuentes de la policía, las crónicas periodísticas hablaron de una pelea entre dos facciones enfrentadas dentro de la barra brava xeneize.

El temible Negro Cabeza corrió la misma suerte. En este caso tampoco hubo disparos, Jonás lo apuñaló ese mismo domingo por la noche. El Negro estaba atajando en un partido de fútbol en la canchita del barrio. Era la final de un torneo de los que se disputaban en una sola jornada y por importantes sumas de dinero. De pronto se cortó la luz que iluminaba esa parte de la villa. Se desató un aluvión de insultos con diferentes destinatarios. En medio de las protestas generalizadas, Jonás entró al campo de juego por detrás del arco, tomó del cuello al Negro Cabeza y cuando este intentó reaccionar le asestó dos puntazos en el tórax. Uno le tocó el corazón.

Mientras continuaba el desconcierto, Jonás salió de la cancha caminando tranquilamente ante el estupor de los pocos que lo vieron ejecutar el ataque. Fue su manera de avisar que los peruanos no habían ganado la guerra sino una simple batalla y que la disputa podía convertirse en una contienda interminable. Al día siguiente aparecieron pintadas en distintas paredes del barrio con una leyenda bíblica que todos entendieron: «Bienaventurados los que tienen hambre y sed de justicia». Como buen creyente, Jonás expresaba un entusiasmo aleccionador.

Cuando todo parecía precipitarse hacia un conflicto abierto y a gran escala, Jonás decidió detener los ataques. Le perdonó la vida al pibe Marcos Huamán, porque alcanzó a salir de la villa a tiempo, y aunque sus hombres lo tenían ubicado en un asentamiento de Quilmes, los detuvo. Para disgusto de sus colaboradores, también ordenó que no tocaran al Loco Nantes. Lo necesitaba vivo. «Vivo y asustado, como para pactar un acuerdo conveniente», dijo. Un nuevo jefe de los peruanos podría prolongar la guerra y seguir paralizando los negocios, y Jonás no podía permitirse ese costo.

Por otro lado, la 31 había ingresado en un plan de urbanización y la presencia del Estado en el territorio era cada vez más importante. El gobierno quería mostrarla como ejemplo de la reconversión urbana y eso implicaba mejoras en los servicios y apertura de calles, pero también más funcionarios, más exposición y más policías. La venganza era tan inevitable como un nuevo acuerdo. A los pocos días, los jefes enfrentados se sentaron a negociar y pactaron una tregua.

Maruca pidió una reunión con Jonás por intermedio de su prima. Estaba convencida de que los Sampedranos consideraban a la Rey una más y no se negarían a ayudarla. Jonás la recibió en El Toro un domingo por la noche. Antes de que pudiese ingresar Maruca tuvo que exhibir el contenido de su bolso, y luego, en el interior, la invitaron a pasar al baño donde una mujer le palpó el cuerpo minuciosamente. También le retuvieron el teléfono celular y el resto de sus pertenencias. Una vez que pasó esa requisa, pudo sentarse frente al nuevo jefe de los paraguayos. En la puerta, dos hombres armados controlaban el ingreso. Después del ataque nadie estaba dispuesto a descuidarse.

Maruca se acercó a la mesa y esperó que el jefe la habilitara a sentarse. Sin saludarla, Jonás le señaló la silla vacía frente a él. Ella se presentó con un par de frases y trató de ser directa.

—Necesito ayuda para encontrar a la Rey, creo que puede estar en peligro.

—Escuché hablar de ella —dijo Jonás sin levantar la vista de su vaso de cerveza—. Se fue cuando todo se puso feo acá.

—Tuvo que escapar...

—¿Sí? Mataron a su hombre como a un perro y ella salió corriendo... eso es lo que sé —dijo Jonás, ahora sí, mirándola directo a los ojos.

La frase la sorprendió, pero mucho más la manera en que la dijo. Sonaba a un abierto reproche.

—Si se quedaba seguro que la mataban —respondió Maruca, sin poder sostener esa mirada dura que parecía escrutarla—, te habrán contado que zafó por muy poco... en el barrio todos lo saben.

Jonás bebió de un sorbo lo que le quedaba de cerveza y pidió otra botella levantando la que estaba vacía. Cuando le trajeron la cerveza la invitó a beber, pero ella se excusó. «Gracias, estoy bien», dijo, pero la verdad es que sentía miedo, tenía las manos sudadas. Jonás volvió a mirarla detenidamente, ahora como si la recorriera por entero, luego llenó su copa y dijo «bueno, te jodés». Maruca percibió el peligro. Era una sensación extraña porque estaban en un lugar que durante años había sentido como propio.

—Mirá, flaca —dijo el nuevo jefe de los Sampedranos—, Blanquita se fue, se rajó. Un general que abandona a sus soldados en medio de la guerra no merece respcto...

—Pero... la iban a matar —interrumpió Maruca y al instante se arrepintió de hacerlo. Jonás prosiguió como si no la hubiese escuchado.

—Nadie la necesita en la zona. No sé dónde está ni qué hace. No me calienta. Y vos tenés que hacer lo mismo. No sos del palo, no sos pariente, no sos paraguaya, no sos nada para nosotros. Si la llegás a ver decile que la 31 no es lugar para desertores. Acá soy *momba'apohára* y se hace lo que digo.

Cuando terminó de hablar, Jonás hizo un movimiento de cabeza y la mujer que la había revisado en el baño se acercó y le devolvió el bolso. El encuentro había terminado. Maruca se levantó en silencio y salió del bar sin saludar, con la certeza de que la vida de su amiga dependía de ella.

25

A Maruca solo le quedaba el Bicho como puente posible hacia la Rey. Pensaba en eso cuando se topó con la imagen del Gauchito Gil en la esquina que lo homenajeaba en el barrio y se acordó de la primera vez que se detuvieron con Blanca Rosa ante ese altar improvisado. Se demoró unos minutos mirando la imagen. Recordó a su madre: «Cuando algo no tiene solución, hay que confiar en Dios y en la buena suerte», le decía para consolarla. ¿Dios la ayudaría ahora?

Maruca se consideraba católica, pero hacía años que no asistía a misa. Sus experiencias la habían alejado de la Iglesia. Uno de los sacerdotes de la parroquia donde tomó la primera comunión la había manoseado de niña. Las caricias se extendieron durante dos años, una vez por semana, con la regularidad del curso de catequesis. Maruca nunca se animó a contarle a su madre lo que le pasaba. En realidad, recién cuando llegó a la adolescencia comprendió que aquellos supuestos juegos en la sacristía eran agresiones a su integridad. De todas maneras, eligió callar. Su madre adoraba al padre Pedro. Maruca pensó que nada cambiaría lo que había pasado y que era mejor olvidar, aunque nunca logró hacerlo.

Es posible que algo de ese enojo contenido durante años haya estado presente cuando alentó a Blanca

Rosa a terminar con los abusos del Recio. Esa historia común había contribuido a acercarlas. Ojalá ella se hubiese defendido con esa valentía. Estaba cursando el último año del secundario cuando se enteró por su madre de que el padre Pedro había muerto de un infarto. En ese momento pensó en otra de las frases familiares: «Dios castiga y no muestra el látigo». Quién sabe. Si así fuese, el castigo había demorado demasiado. Un año más tarde, su madre también murió de un ataque al corazón. Después vinieron un par de años de descontrol, un novio al que siguió hasta Paraguay, su nueva vida de puta en Ciudad del Este y ahora en Buenos Aires. Al padre Pedro solo lo recordaba cuando, por cualquier razón, volvía a interactuar con un sacerdote. Y este era uno de esos momentos.

El padre Lucio le tocó suavemente el hombro y le sonrió. Ella no lo había visto, pero el religioso estaba detrás de ella en la fila de personas que esperaban para tomar el colectivo que la llevaba de regreso a su departamento en San Telmo. «¿Cómo estás, querida? Hace mucho que no te veo por el barrio», le dijo. Lucio pertenecía al grupo de Curas Villeros de la 31 y Maruca lo respetaba. No solo porque daba misa, sino porque también ayudaba a los que se quedaban sin trabajo, a las mujeres golpeadas, a los pibes tomados por el paco y hasta se animaba a plantarse ante los narcos. A él no le importaba que fueran argentinos, peruanos o paraguayos los que cada tanto lo amenazaban para que dejara de «robarles soldaditos».

Lo más importante para Maruca, en su consideración personal, era que el padre había ayudado en la recuperación de la Bebe. Además, nunca la había juzgado por su actividad nocturna y la única vez que se acercó para hablarle fue para convocarla a la pequeña iglesia donde oficiaba misa. «Dios te ama, como Jesús amó a María Magdalena. Están las puertas abiertas, solo tenés que animarte a entrar», le dijo. Pero ella tenía buenas razones para no querer visitar ningún templo. Recordó que le había respondido con una picardía: «De los dos, María Magdalena era quien amaba más, ¿por qué no me visita usted, padre?», le dijo provocativa. Entonces, Lucio lanzó una carcajada ante la ocurrencia. Fue la última vez que habían hablado. La que sí participaba de algunas actividades religiosas era Blanca Rosa, incluso cuando ya era la Rey.

Ahora Lucio estaba a su lado preguntándole cómo estaba. Y si sabía algo de su amiga. Le dijo que se había quedado preocupado después de la noche violenta del 13 de mayo. Preguntaba con un interés que Maruca percibió sincero. Una preocupación que se cruzó con su impotencia y la llevó a decir solamente: «Se fue del país, creo que está en peligro». El padre entonces la tomó del brazo y la sacó de la parada de ómnibus. «¿Querés que tomemos un café y me contás? Tal vez yo pueda ayudarla», dijo. Y Maruca aceptó. Necesitaba hablar con alguien. Entraron a uno de los bares que se suceden antes de llegar al ingreso principal de la estación de trenes.

Delante de dos tazas de café con leche, Maruca le contó todo lo que sabía desde la noche de la masacre en el barrio hasta la visita de Juan Fernando a Sagitario. También la sospecha de que su amiga estaba retenida contra su voluntad. «La conozco bien, ella no es como yo», dijo bajando la vista. Lucio la calmó y le explicó que había una forma de denunciar lo que estaba pasando. Y que él podía hacerlo.

—Hay un número de teléfono, el 145, que depende del Ministerio de Justicia y recibe denuncias ante casos de trata de personas —dijo el sacerdote.

—No quiero meter a la policía en esto —se atajó Maruca—, no confío en la cana.

El sacerdote hizo una pausa y utilizó un tono paternal.

—No son policías, son funcionarios judiciales. Te aseguro que es la única posibilidad de hacer algo por tu amiga. Ellos pueden comunicarse con sus colegas de España y, si Blanca Rosa está en problemas, ir a rescatarla y traerla de vuelta.

A pesar de su explicación, Lucio percibió la duda en el rostro de Maruca e insistió: «Yo utilicé esta línea en varias oportunidades y te aseguro que trabajan muy bien. Rescataron a dos chicas de un asentamiento de Isidro Casanova a las que se habían llevado engañadas a Río de Janeiro y a otra de nuestro barrio a la que sedujeron con una promesa de trabajo en Barcelona. Tenés que confiar en mí», dijo. Maruca decidió creer, no tenía otra opción. Asintió con la cabeza y se aferró de las manos del sacerdote, que se sonrojó levemente ante el contacto.

Lucio hizo la denuncia al día siguiente. La dejó asentada en la línea directa del Ministerio de Justicia. Luego, gracias a la intermediación de un amigo en el Arzobispado de Buenos Aires, consiguió una reunión, para una semana más tarde, con uno de los fiscales de la Procuraduría de Trata y Explotación de Personas. Se ocupó de convencer a Maruca de asistir juntos.

Los recibió el doctor Marcelo Ruiz, un hombre con experiencia, con fama de eficaz y honesto, según la descripción que le hizo a Lucio su contacto en el Arzobispado. A Maruca lo que más la confortó fue ver el interés que el fiscal expresó ante ellos sobre la suerte de Blanca Rosa. La charla fue amable y su contenido, casi un calco de lo que ella declaró después en la denuncia formal.

El doctor Ruiz se detuvo en los detalles de la salida del país y consultó a Maruca sobre si Blanca Rosa sabía que viajaba para ejercer la prostitución. Antes se detuvo para explicar que no se trataba de un juicio moral, ni que esa información pudiese comprometer judicialmente a su amiga. Era un dato relevante para determinar cómo se movía la organización que la trasladó y cuáles eran sus conexiones locales e internacionales. El fiscal les explicó que, en muchas ocasiones, las chicas que aceptaban viajar lo hacían conociendo previamente a qué iban. Lo que no imaginaban era que quedarían prisioneras de un sistema de explotación forzada y bajo amenazas para ellas y sus familias.

Finalmente, el fiscal les contó los pasos que daría a partir de la denuncia. Se comunicaría con la Red Iberoamericana de Fiscales Especializados Contra la Trata de Personas, una organización que permite investigar este tipo de delitos cuando son cometidos en varios países. También les aseguró que, como tenía relación directa con el fiscal español que entendía en estos temas, lo llamaría por teléfono para interesarlo especialmente en el caso y apurar los tiempos.

«Es importante la celeridad porque en general las mujeres que entran al circuito de la prostitución no permanecen mucho tiempo en los mismos lugares. Las rotan por seguridad, pero esencialmente porque los clientes suelen pedir variedad y lo que denominan, de manera horrible, carne fresca», dijo Ruiz.

Antes de despedirlos, el fiscal se mostró optimista. Les dijo que estaba seguro de que con los datos que le habían aportado, entre ellos el nombre de la discoteca de Madrid, en pocos días se pondría en marcha el operativo judicial y policial en España para ubicar a Blanca Rosa.

Cuando salían de la oficina, Maruca comprendió cuánto extrañaba a la Rey y cuánta angustia le generaba que pudiera estar en peligro.

26

Salvador regresó a Madrid impulsado por el entusiasmo que le había provocado la lectura del experimento de John Dee con el espejo. Además, sentía que estaba haciendo justicia con ese singular personaje, tan cuestionado durante años, que se había acercado al ocultismo con el mismo objetivo con el que se acercó a la ciencia: saber y comprender el complejo mundo que lo rodeaba. Apenas llegó a su casa llamó por teléfono a Américo. Tenía que verlo y, especialmente, convencerlo de que le permitiera probar los poderes del espejo azteca que estaba en el museo. No lo encontró y le dejó un mensaje grabado proponiéndole tomar unas copas al día siguiente en el Kiosco Bellas Artes, un bar pequeño ubicado a metros del museo en cuya terraza solían citarse. Su amigo le respondió el llamado un par de horas más tarde, pero Salvador no quiso adelantarle nada. «Me fue muy bien. Te contaré más y mejor cuando nos veamos», le dijo.

Se preparó un baño de inmersión. Fue a la habitación y se desnudó, la imagen que le devolvía el espejo vertical e impiadoso que ocupaba toda la pared del vestidor no lo deprimía y eso, en la mitad de la vida, era una buena señal. Los años habían pasado por su cuerpo con bastante indulgencia. Reconoció que con algunos kilos menos se vería mejor, pero tampoco era para preocuparse. Luego volvió al living y eligió cuidadosamente un vinilo de una de las dos bateas que flanqueaban el equipo de música. A tono con lo que estaba pensando, colocó en la bandeja uno de los discos que había heredado de su padre: *Demasiado viejo para el rock, demasiado joven para morir*, de la banda británica Jethro Tull. Cuando la voz de Ian Anderson, el flautista escocés líder del grupo, se impuso en el departamento con su impronta folk progresiva, fue hasta el cuarto de baño y se metió en la bañera. Su cuerpo comenzó a relajarse, pero su mente no podía parar.

Había esperado esta oportunidad durante años y ahora estaba decidido a comprobar algo que, en principio, a él mismo le parecía una locura. Todo había ido cerrando sin que lo forzase. Pieza por pieza, como un juego de fichas que cobraba sentido con cada movimiento destinado a reestablecer el orden perdido en el tiempo. Estaba ante la posibilidad de que el espejo negro realmente habilitara visiones psíquicas.

Tenía que sacarlo de la vitrina del museo y hacer el experimento en un lugar adecuado. El tema era cómo lograrlo. Necesitaba que su amigo lo ayudara. Entendía los riesgos que debería asumir Américo para habilitar la manipulación de un objeto de esa relevancia histórica, pero no aceptaría un no como respuesta. Mientras se masajeaba la cabeza con champú, Salvador comprendió que, por primera vez en su vida, estaba dispuesto a todo. Hasta comenzó a fantasear con la idea de robarlo.

Recordó que, para los griegos, había cuatro formas del amor, y una de ellas era la amistad. Alguna vez, discutiendo sobre Aristóteles, habían hablado con Américo sobre esa variante llamada *Philia* y que caracterizaba al sentimiento fraternal destinado a promover el bien en el otro. Según el filósofo, la amistad era la forma del amor basada en la admiración mutua. «Philia proviene del griego antiguo y es un sufijo que se utiliza también para expresar amor por las cosas concretas», dijo Salvador en aquella ocasión. «El mejor ejemplo es "filosofía": el amor que se tiene hacia la sabiduría», replicó Américo. Salvador entonces citó la *Ética a Nicómano*: «En la amistad es necesario que tengan los unos para con los otros sentimientos de benevolencia, que se deseen el bien y no ignoren el bien que se desean mutuamente». Américo lo sintetizó en tres palabras el día en que se hicieron entrañables frente a varias botellas de vino tinto: «Solidaridad, fraternidad y lealtad; eso es la amistad».

Ahora que acababa de escuchar el pedido de Salvador, con menos copas y más lucidez que aquella noche en la que habían sellado su amistad, Américo se arrepentía de su vocación por darles contenido a los conceptos.

Durante muchos años, el espejo azteca había descansado en una sala subterránea junto a esqueletos de reptiles y trozos de minerales sin clasificar. De ese lugar hubiese sido mucho más fácil hacerlo desaparecer por unos días. La clasificación era desordenada e incompleta y se pensaba que el material que se acumulaba en ese espacio tenía menor relevancia que el resto del patrimonio.

—Con una noche es suficiente —se apuró a aclarar Salvador—, es solo para comprobar si funciona.

Américo meneó la cabeza hacia ambos lados. El espejo estaba en una de las salas de arriba, en el edificio de Geología, expuesto a la vista de cientos de visitantes cada día y, si bien no concitaba más que el interés de los entendidos, quitarlo sin que las autoridades lo notaran era imposible.

—No sabes lo que dices, Salvador. Sería más fácil robar la Cibeles.

—Unas horas nada más, una noche... —insistió su amigo.

Américo se quedó pensativo mirando el final de su copa.

—Está bien, joder, déjame que me lo pienso y te digo. Tal vez tramitando algún permiso especial en nombre de tu universidad.

—Hay una manera más sencilla y menos burocrática: ¡robarlo y listo! —Salvador soltó la frase convencido.

Américo respondió con una carcajada. «Y listo», repitió, le daban gracia esos giros argentinos que aún persistían en el habla de su amigo. Una vez le preguntó por qué no se le pegaba el acento español, y Salvador le dio una respuesta que lo sorprendió: «Porque no quiero, me esfuerzo para que no pase. Es mi manera de estar en contacto con el pasado, con mi infancia y con la familia que se quedó allí».

—No estoy bromeando —insistió Salvador—: robarlo y luego devolverlo. No me mires como a un loco, Américo. Si se robaron *La Gioconda* del Museo del Louvre y ahora está allí como si nada hubiese pasado.

—No te miro como si fueras un loco, realmente creo que estás majara...

—Hay libros y películas sobre el robo de la *Monna Lisa*. Fue en 1911, un ex empleado se llevó a Italia el cuadro de Leonardo, que estuvo desaparecido por dos años. Cuando lo descubrieron, hizo una reivindicación nacionalista porque consideraba que esa obra era una de las saqueadas por Napoleón. El cuadro volvió cuando quiso vendérselo al director de la Galería de los Uffizi —Américo intentó hablar, pero Salvador no se detuvo—. Dejame terminar el cuento. Un par de años después estuvo de vuelta en París convertido en ícono universal, ¿y todo por qué? —preguntó Salvador y se respondió de inmediato—: ¡Gracias al robo! La obra se revalorizó y fue conocida en el mundo. *La Gioconda* volvió intacta, nadie salió lastimado, todos felices...

—La historia es conocida y realmente fue así, pero es incomparable con el espejo. El ladrón era un mindundi, se llamaba Vincenzo Peruggia. El hecho se convirtió en una leyenda en el mundo de la museología. Si mal no recuerdo, el italiano pagó con unos pocos meses de prisión. Lo que no se terminó de saber nunca es si el robo y posterior devolución del cuadro no fue premeditado como un plan maestro.

—¿De qué hablás?

—Existe una teoría, muy difundida en el ambiente del arte, que asegura que el secuestro temporal de *La Gioconda* habilitó una cantidad de negocios millonarios. En la década del treinta, un periodista norteamericano aseguró que había conocido en Casablanca a un misterioso marqués llamado Eduardo Valfierno, quien le habría contado que el verdadero objetivo del robo fue realizar varias copias de la *Monna Lisa*, que adquirieron coleccionistas tan incautos como millonarios. Cuando el cuadro volvió al Museo del Louvre, no podían reclamar porque se hubiesen incriminado por haber comprado un cuadro robado.

—Si realmente fue así, ¡*chapeau*! —gritó Salvador levantando su copa en un brindis. Américo le pidió que bajara la voz; a pesar del bullicio reinante, varios parroquianos los miraban con atención. A esa hora el Kiosco se llenaba de empleados del museo que iban en busca de algún bocadillo.

Salvador atendió el pedido, pero insistió:

—Como decía mi abuela, el que roba a un ladrón tiene cien años de perdón. Lo más importante que enseña la historia de *La Gioconda*, y espero que estés de acuerdo conmigo, es que la eventual desaparición del espejo azteca del museo podría contribuir a su fama.

Américo contemplaba a su amigo entre divertido y preocupado.

—Te voy a contar algo que, si bien abona tu delirante proyecto, a la vez debería contribuir a desmoronarlo. El espejo ya fue robado una vez. Ocurrió cuando todavía se consideraba que su origen era incaico, y estuvo desaparecido durante una semana. Fue en mayo de 1979. Su ausencia se produjo en un contexto de abandono y descuido del patrimonio general del museo.

—Al fin tienen razón los que dicen que ya está todo inventado...

—Por lo menos es difícil ser original. Cuando una organización vinculada a la preservación del arte de Madrid hizo la denuncia pública, alguien lo devolvió en forma anónima. Hubo distintas especulaciones sobre el misterioso robo, incluso se habló de la utilización en algún rito satánico.

—Es una pena que el espejo no haya logrado la popularidad de *La Gioconda*.

—Lo que sí captó es la atención de las autoridades del museo sobre el espejo. En definitiva, creo que estás majara si piensas que se puede volver a robar un objeto que ahora está bien expuesto y cuidado. Además, si lográramos sacarlo del museo, nos descubrirían al instante. Te recuerdo que hay cámaras en varios puntos y el sistema de vigilancia ha mejorado con guardias en turnos rotativos.

—Estás por la negativa...

—Es lo que merece tu idea. Porque más allá de las posibles consecuencias penales, lo primero que harían sería despedirme y tendría que cerrar la tienda, algo que no me puedo permitir. Imagina el bochorno público. Mi mujer me pondría en la calle. Ni hablar de lo que pasaría contigo: te expulsarían de la universidad y no podrías enseñar ni en un colegio de pueblo.

Salvador se puso serio.

—Querido amigo, podés no participar de esta aventura, pero no tenés por qué repudiarla. Yo no soy un ladrón, solamente tengo un interés científico y quiero hacer un experimento que me parece trascendente. Si no vas a colaborar, te pido que olvides lo que hablamos y nada más. Puedo arreglarme solo.

De pronto la conversación adquirió un tono dramático, totalmente infrecuente en sus encuentros. Américo sonrió y bebió lo que quedaba de vino en su copón.

—Conozco y comprendo cabalmente tu interés. Es más, me provoca admiración la pasión con la que hablas. Vamos a calmarnos. Te pido que me des unos días, voy a explorar otras opciones más sensatas.

Américo se levantó de la silla y, antes de irse, palmeó suavemente a su amigo en la espalda y le dijo:

—Mientras tanto puedes programar tu golpe comando, pero no cuentes con mi participación.

27

La voz de la tía Rudy se metió en su sueño con la potencia de una carga de dinamita. Ahora los golpes en las puertas de las tres habitaciones del primer piso sonaban como nuevas detonaciones en su cabeza y daban cuenta de la enérgica marcha de Rudy por el pasillo, que hizo el pequeño recorrido tres veces de ida y de vuelta. «En una hora os quiero abajo, prontas para desayunar y con todas vuestras cosas en las valijas. Os vais de viaje», dijo, antes de regresar sobre sus pasos a la planta baja. La Rey abrió los ojos y miró el reloj. Eran las seis de la mañana. La idea de un viaje le resultó extraña y preocupante. No se habían cumplido cuatro meses de su llegada a Madrid. Estaba confundida, pero sabía que no tenía margen para pedir explicaciones y, mucho menos, protestar. Salió de la habitación con su camisa de dormir y les pidió a sus compañeras ser la primera en usar el baño. Solo escuchó el *néi* de Betty, una de las formas del ok en guaraní.

Orinó y se duchó rápido. Cuando volvió a su cuarto se vistió de manera sencilla, con jean, camisa y zapatillas. Antes de empacar, buscó la piedra negra. Esperaba que le diera algún indicio sobre su futuro. Se quedó un largo rato mirándola hasta que le pareció ver a Maruca frente a la estación de trenes de Retiro, iba apurada entre una multitud que caminaba indiferente a su alrededor. Fueron apenas unos instantes y se esfumó en medio de una bruma azul. Aunque no tenía noticias de Juan Fer, lo tomó como una buena señal.

Cuando las tres bajaron a la cocina, la tía Rudy las estaba esperando con una sorpresa. Les sirvió chocolate con porras y churros, todo un lujo para una mañana de martes. «Quiero que disfrutéis porque es un desayuno de despedida», dijo. Cuando Betty y Marta comenzaron a preguntar, un tanto angustiadas, sobre el destino del viaje, dónde se quedarían y por cuánto tiempo, Rudy les dijo que tenían que estar tranquilas y celebrar porque irían a uno de los lugares más bellos de España: San Sebastián. Les dijo que allí iban a estar mucho mejor que en Madrid. Y que era solo por un tiempo.

—Es un sitio muy majo, con turismo de calidad durante todo el año y más demanda de diversión. El lugar donde vais a vivir es mucho mejor que esta casa y, además, podréis ir al mar.

Las chicas se calmaron. Rudy era tan severa como convincente. De pronto, centró su atención en la Rey, que permanecía en silencio, y la interpeló:

—¿Y a ti qué te pasa, Lucía? Estás muy callada. ¿No te interesa saber dónde vais a ir?

—No es eso —dijo la Rey—. No puedo cambiar lo que ustedes decidieron. Solo espero que sea mejor que Madrid, que tengamos más trabajo. Quiero pagar mi deuda.

La tía Rudy sonrió, le acarició la cabeza maternalmente y dijo: «Todo será para mejor».

Mientras desayunaban, llegaron a la casa Duarte, Cholo y Jacko. Los dos primeros apenas las saludaron desde el living, pero el rumano esbozó una sonrisa y, si bien el gesto podía estar destinado a cualquiera de las tres, la Rey sabía que buscaba tranquilizarla. Se quedaron hablando con la tía Rudy durante diez o quince minutos y luego comenzaron a cargar las maletas en la combi. Cuando estuvo todo listo, las invitaron a subir al vehículo. A las ocho en punto, con Cholo al volante y Jacko como copiloto, partieron hacia el País Vasco. Duarte se quedó con Rudy, que no se asomó para despedirlas.

«Aprovechen para dormir, tenemos unas horas de marcha. Solo pienso hacer una parada a mitad de camino para cargar combustible y comer alguna cosa», les avisó Cholo. Y así fue. Las tres se pasaron el viaje escuchando música o dormitando. Solo se detuvieron en Burgos para comer unos bocadillos, y pasadas las dos de la tarde llegaron a un sitio en las afueras de una ciudad pequeña, que después supieron que no era San Sebastián sino Hernani. Cholo les anunció, al invitarlas a descender: «Estamos en el corazón del País Vasco, mis queridas. Esto es OxA, el mejor club nocturno de España. Aquí se puede currar mucho y bien, les aseguro que podrán ganar muchos euros. Vengan conmigo».

El predio era enorme y se levantaba a unos cincuenta metros de la ruta. El estacionamiento precedía a una construcción dividida en tres áreas bien diferenciadas por su arquitectura, aunque todas pintadas de un violeta intenso. En la primera funcionaba el club que, según indicaba un cartel, permanecía abierto las veinticuatro horas. Contaba con dos pisos y tenía todas sus ventanas y puertas con vidrios polarizados que impedían ver hacia el interior. Probablemente se estaba desarrollando alguna actividad vinculada con la noche, aunque afuera el sol se imponía en la tarde. En el segundo espacio, según les dijo Cholo, había habitaciones y salas especiales para shows privados. Y en la tercera construcción vivía el personal, había una cocina común y estaba la oficina.

Cholo y Jacko las escoltaron hasta allí, donde los recibió un vasco grande como un oso. Intercambiaron saludos y luego Cholo las presentó por los nombres adquiridos en Madrid. El gigante, a cargo de la seguridad del complejo, las saludó fríamente y les franqueó la puerta. Luego las condujo a una habitación donde había tres camas individuales y un baño. Al lado de cada cama había un roperito. Les dijo que se instalaran allí y rechazó cualquier pregunta. «En una hora vendrá alguien a explicarles el funcionamiento y los horarios del club», dijo. Se distribuyeron las camas casi sin hablar.

Minutos más tarde, Cholo y Jacko volvieron a la habitación trayendo sus valijas. Las tres comenzaron a guardar la ropa. El custodio no parecía muy contento. Sin que nadie lo notara, cuando intercambiaron saludos de despedida Jacko le dejó un pequeño papel en la mano a la Rey. Cuando se fueron, ella entró al baño y pudo comprobar que se trataba de un número de teléfono móvil. Aparecía así el primer fruto de la relación que los unía. La Rey memorizó el número y tiró el papel por el inodoro.

Pasadas las seis de la tarde, se presentó el gerente de OxA, Manolo López, quien les indicó la modalidad del trabajo. Formarían con otras dos chicas el denominado equipo A, que era el más expuesto a la prostitución. Ocho horas fijas todos los días de la semana, entre las diez de la noche y las seis de la mañana, descanso hasta las dos y una guardia durante la tarde. El equipo B se encargaba de los bailes y las presentaciones.

Manolo les explicó que todo el dinero pasaría por sus manos y que, cuando terminaran de cancelar sus deudas, les liquidaría semanalmente lo que correspondiese. Como en Face to Face, estaba estipulado un monto por noche y pagos extras por cada servicio, pero en OxA tenían distintas tarifas y podían llegar a facturar hasta doscientos euros, el doble que en Madrid. Les dijo que si trabajaban bien podrían ganar mucho dinero, pero que si generaban problemas no dudaría en castigarlas. «Pagué mucho por ustedes», dijo.

Con el mismo tono amable les recordó que solo saldrían del club si él lo autorizaba. Cuando Betty preguntó por la posibilidad de ir a la playa como les había dicho Rudy, el gerente la miró como si le hubiese hablado en chino. «Coño, lo acabo de explicar, nadie puede salir de club, somos una comunidad de trabajo. Pero si te gusta mucho el mar, veremos si uno de estos días las podemos llevar», dijo sin perder la sonrisa.

En el salón principal se extendía una barra a todo lo largo de una de las paredes laterales, con el colorido fondo de la multiplicidad de botellas. «Aquí tenéis todos los licores del mundo», se jactó Manolo, quien parecía por sus modos más andaluz que vasco. La barra estaba gobernada por dos cajeros y tres encargados de despachar las bebidas.

En el centro estaba la pista de baile enmarcada por unos paneles de luces rojas y amarillas fijados en el piso. Había también tres caños que se utilizaban para bailes y striptease. Más atrás se alternaban mesas bajas y sillones. Dos camareros se encargaban de atender los pedidos de quienes preferían instalarse allí. Las luces mantenían una atmósfera roja que abarcaba todo el espacio. Dentro del club había dos personas de seguridad y afuera dos más: uno en la puerta y el otro en la garita del parking. A diferencia de la discoteca de Madrid, todos eran españoles.

Manolo les ofreció tomar y comer algo allí mismo. «Podéis elegir lo que queráis del menú, es nuestra bienvenida y así conoceréis la calidad del sitio donde vais a currar», dijo. Para esa hora solo había dos o tres grupos de clientes. Todos atentos a los movimientos de una pelirroja que bailaba provocativamente en uno de los caños. Más tarde se enteraron de que se trataba de una de las tres chicas rumanas que trabajaban en el club. Había también dos dominicanas y una búlgara. Con ellas eran nueve mujeres. Cada grupo en habitaciones compartidas de a tres.

Se sentaron en las banquetas de la barra y Manolo aprovechó para presentarles al personal. La Rey recorrió la carta. Después de la lista de platos, vinos y tragos, se encontró con una leyenda inequívoca en la última página: «Chicas simpáticas, sumisas y sensuales para pasar momentos inolvidables. Vive una experiencia completa. OxA: abierto las 24 horas». Se ofrecían mujeres como si se tratase de un plato más.

Lo que no leyó la Rey ni sus compañeras era lo que se aclaraba en el sitio web del club en la pestaña correspondiente a Servicios y Contacto: «Placer garantizado. Besos, caricias, cunnilingus, 69, despedidas de soltero, fantasías, facial, francés, natural, garganta profunda, intercambio liberal, juegos eróticos, masajes, tríos, orgías». Al lado de las opciones había una ficha personal que habilitaba al usuario a obtener una membresía de socio con diez por ciento de descuento si accedía a alguna de las prestaciones durante ese mes.

Todo era explícito y sin ambages. La Rey no conocía a Américo, pero él podría explicarle que en España la prostitución permanece en una suerte de limbo legal, porque apenas existen sanciones para algunos casos puntuales de proxenetismo. Seguramente le hablaría de la larga tradición del intercambio de sexo por dinero. De Los Caprichos de Goya y de la sensual postura de La Maja, vestida o en cueros. Le mencionaría uno de los libros eróticos menos difundidos de la literatura ibérica: *El arte de las putas*, de Nicolás Fernández Moratín, un compendio de la vida disipada del siglo XVIII, cuya lectura fue prohibida por el Santo Oficio. En cuanto a la venta de cuerpos femeninos, nada cambió demasiado desde entonces.

En OxA no había lugar para la literatura, esa misma noche empezó para la Rey y sus compañeras un nuevo calvario. Fueron obligadas a mantener relaciones sexuales tres o cuatro veces por día. Participar de shows privados ejecutando juegos lésbicos entre las tres y en cualquier horario. Prácticas de sadomasoquismo para las que recibieron un kit con esposas, antifaces, consoladores y hasta un pequeño látigo. Les proveían drogas para que pudieran aguantar un ritmo que los fines de semana era extenuante. La Rey trataba de consumir lo menos posible. Sabía que si quedaba enganchada la posibilidad de escapar de allí se alejaría definitivamente.

Al principio intentaron rebelarse ante semejante explotación, pero el personal de seguridad se encargó de disuadirlas. Las tres recibieron golpes en algún momento, cuando se resistieron a cumplir alguna orden. Eran profesionales, y nunca las lastimaban en la cara o los brazos, se acercaban y les hundían un puño en medio del estómago en el momento menos esperado. Manolo, en cambio, utilizaba la palabra: a Betty y a Marta las amenazó con agredir a sus familiares en Paraguay si no cumplían con sus contratos y devolvían el dinero que debían por los pasajes y la estadía en España. Llegó a mostrarles fotos de sus seres queridos frente a sus casas en Paraguay y, en el caso de los niños, cuando estaban camino a la escuela. A la Rey le dijo que, si se seguía quejando, la mandaría de vuelta a Buenos Aires para entregarla a los peruanos o la mataría allí ya que nadie la esperaba en ningún lado. «No eres nadie, joder. Te he comprado. A ver si te enteras de una puñetera vez, puedo hacer contigo lo que me salga de los cojones», le dijo Manolo, como si hiciera falta aclarar lo evidente.

Cuando ya habían pasado cuatro semanas y parecía que esa dinámica perversa se extendería indefinidamente, un grupo de la Brigada Central contra la Trata irrumpió en el club con una orden de registro.

28

El número que le había dejado Jacko, y al que llamó con el teléfono de un turista inglés agradecido por la destreza de su boca entre sus piernas, le dio a la Rey la primera buena noticia desde que había llegado a España. El rumano la ayudaría a escapar.

—Voy a sacarte de allí. Te lo prometo. Un amigo se va a presentar en unos días en el club como cliente para darte detalles de mi plan.

—¿Es posible salir de acá? —preguntó la Rey.

—Sí, lo haremos posible. Conozco bien el lugar, estuve haciendo unos reemplazos en la temporada de verano. Sé cómo piensan y el trabajo que hacen los de seguridad. Están preparados para evitar problemas con los clientes, pero ni siquiera consideran que alguna de las chicas intente escapar. Saben que no podrían ir muy lejos. Solo se puede salir de esa zona en auto. Además, todos tienen tareas asignadas, uno en el estacionamiento, otro en la puerta y dos dentro del local. Nadie custodia la parte de atrás del club, ahí solo se mueve el personal de servicio. Por allí vas a salir.

Jacko hizo una pausa y agregó:

—Te voy a sacar, tranquila. Te amo.

—Gracias, yo también —dijo la Rey antes de cortar la comunicación.

Era la primera vez que respondía de esa manera a una de las frases cariñosas que Jacko había ido incorporando en sus encuentros clandestinos en Madrid. Se quedó pensando en eso. No era lo que sentía, pero lo había dicho sin especular. El amor de Jacko se mostraba sólido como un puente de acero y ahora estaba dispuesto a demostrarlo.

El Dari era uno de los pocos amigos que el rumano había cosechado en Madrid. Se conocieron haciendo tareas de control en conciertos de rock, en los primeros meses de su llegada al país. Ambos eran desconfiados y algo violentos a la hora de resolver su tarea cuando los fanáticos se ponían pesados. Eso los acercó. Solían beber unas copas al final de cada show. Desde hacía unos meses el Dari había vuelto a vivir en San Sebastián, su ciudad natal, y Jacko no dudó en llamarlo. Como lo había imaginado, el vasco se prestó a ayudarlo sin hacer muchas preguntas, solo le hizo una advertencia: «Cuidado con el amor, lleva a hacer locuras».

Jacko había pensado en él no solo por la confianza que le generaba, sino porque conocía muy bien la zona en la que estaba emplazado el club. Alguna vez le había contado que en su adolescencia pasó largas vacaciones en Hernani en casa de unos tíos. Además, se comprometió a conseguirle un vehículo.

Dos días después del llamado, el amigo de Jacko concurrió a OxA y contrató un servicio privado con

Lucía. Cuando estuvieron solos en la habitación, se dio a conocer y le dibujó un rudimentario mapa con las indicaciones de lo que debía hacer una vez que lograse llegar al exterior. El Dari le dijo que si conseguía acceder a la parte trasera del club solo le quedaría cruzar un bosque hasta una carretera local y que allí estaría «su novio» esperándola.

Acordaron hacerlo la noche del domingo siguiente, pasadas las veintitrés. La Rey expuso dos razones: a esa hora ya no se expendía comida, por lo tanto no quedaría personal en la cocina. Además, ese día tenía pautado un encuentro con un comerciante de Bilbao que viajaba a verla todos los fines de semana desde que había llegado al club. Cuando el empresario llegaba a OxA solo tenía que avisarle a uno de los cajeros, este le daba una llave y le habilitaba el paso al segundo edificio, donde estaban las habitaciones para los encuentros íntimos. Era la excusa perfecta para salir del foco de atención de los empleados de seguridad durante una hora.

Esa noche mientras el hombre se desvestía con el entusiasmo que le despertaba una prematura erección, la Rey lo golpeó violentamente en la cabeza con la lámpara que estaba en la mesa de luz. Faltaban veinte minutos para la medianoche. Utilizó los juguetes sado que tenía para ocasiones especiales y lo dejó esposado y amordazado.

Luego salió de la habitación y se dirigió al tercer edificio para llegar hasta los dormitorios. A esa hora

Marta y Betty estaban en la parte delantera y ella no tenía intención de avisarles de su partida. Se cambió con la ropa más simple, jean y camiseta, y se calzó un par de zapatillas. Cargó en un pequeño bolso una muda de ropa interior y el estuche con la piedra negra.

La Rey se asomó al pasillo con mucho cuidado y se mantuvo expectante. Estaba por salir cuando percibió los primeros indicios de que algo raro estaba pasando en el frente. La música se había cortado de golpe y se escuchaban gritos que provenían del salón. Entre el bullicio distinguió la voz de Manolo: «¡Gilipollas, aquí no puede entrar la policía!». Comprendió que había un operativo policial y quedó paralizada. ¿Qué debía hacer? Si se quedaba, en el mejor de los casos la deportarían a Paraguay. Fue apenas un instante de duda y luego decidió seguir adelante.

Manolo estaba sorprendido y furioso, la irrupción de agentes era algo inaudito. El club contaba, desde su inauguración, con la tolerancia de la policía vasca. El jefe de la comisaría de Hernani era un cliente habitual. Apenas los increpó, comprendió que con estos agentes no podría negociar. Lo tomaron de ambos brazos, revisaron si estaba armado y lo hicieron arrodillar para esposarlo.

La Rey avanzó con el cuerpo pegado a la pared. Sabía bien lo que tenía que hacer. Llegó a la cocina sin cruzarse con nadie. La puerta estaba sin llave, por lo que ingresó sin problemas. Avanzó sin encender las luces. Se percibía un aroma a fritura en el aire.

Buscó a tientas una puerta lateral que daba al patio, el lugar donde se acumulaban los botes de basura. Había estado varias veces allí conversando con una de las cocineras del turno noche que salía a ese espacio a fumar.

Llegó hasta la salida y movió el picaporte suavemente. Estaba preparada para forzar la cerradura si era necesario, pero la puerta estaba abierta. Cuando iba a atravesarla, una mano la tomó del hombro.

—¿A dónde vuela esta paloma?

La pregunta la descolocó. Giró lentamente y se encontró con la sonrisa de la cocinera.

—La salida es pal frente, mujer —le dijo mientras alzaba ante sus ojos un cuchillo de cocina.

—Adelante está la policía, por favor... —replicó la Rey.

—¿Vais a abandonar a tus amigas?

—Lo mejor que les puede pasar es que las rescaten y las manden con sus familias.

—Claro, así no pagan lo que deben... Sois desagradecidas las sudacas...

—Dejame salir... —dijo la Rey.

—Eso lo decidirá el Manolo, ni tú ni yo estamos pa eso. Se lo vamos a preguntar —dijo la mujer meneando la cabeza y sacando un teléfono móvil del bolsillo delantero del delantal.

La Rey entonces hizo algo inesperado, dio un pequeño salto y le asestó una violenta patada a la mujer a la altura del estómago. Una maniobra que había aprendido en la villa. La cocinera cayó sentada hacia atrás y dejó caer el teléfono, pero no el cuchillo.

La Rey abrió la puerta y comenzó a correr por el patio de tierra. Escuchó los insultos de la cocinera, pero no se volteó a mirar si la seguía. Cuando llegó a la cerca la saltó sin dificultad. La noche cerrada no permitía ver con claridad. Continuó la carrera hacia el bosque, que se levantaba a unos cien metros como le había indicado el Dari. Allí se mezclaban las hayas y los robles en forma desordenada. Esos árboles tan distintos a los de Caazapá.

Siguió corriendo. Recordó las palabras del amigo de Jacko: solo tenía que atravesar esa barrera vegetal y estaría a salvo. Se cayó varias veces, pero se incorporó de inmediato. Algunas ramas le lastimaron los brazos y las manos, pero no se detuvo. Cuando sobrepasó la última hilera de árboles pudo distinguir una camioneta blanca que la estaba esperando sobre el camino de tierra que marcaba el límite del bosque. Cuando subió a la pick-up, Jacko le estampó un beso en la boca y sin decir palabra encendió el motor.

Manolo López, los custodios y el resto de los empleados permanecían sentados en el suelo con las manos esposadas. Los clientes eran identificados y se les permitía retirarse en sus autos. Ocho de las nueve mujeres que eran prostituidas en OxA fueron interrogadas una por una, por personal femenino de la Brigada contra la Trata, en un espacio aparte para que pudieran hablar con tranquilidad. Sus testimonios eran fundamentales para demostrar la responsabilidad penal de quienes organizaban el negocio, que generalmente las persuadían para que manifestaran que estaban allí por su propia voluntad.

El requerimiento a sus colegas españoles a través de la Red Iberoamericana de Fiscales hecho por Marcelo Ruiz había tenido una respuesta rápida. Desde que hizo el planteo hasta que un juez aceptó el reclamo de paradero había pasado apenas un mes y había precipitado allanamientos en media docena de clubes nocturnos. Primero en Madrid y luego en otras cinco localidades de España.

Cuando el fiscal argentino recibió el llamado de su colega madrileño, la noticia le resultó desconcertante: el operativo había sido exitoso, con detenciones y quince rescates de mujeres sometidas a la explotación sexual, pero entre ellas no se encontraba Blanca Rosa González. Sabían que había estado en el club de Hernani hasta la noche del operativo, porque Marta y Betty fueron consultadas por una voluntaria de la organización social que acompañaba a las mujeres rescatadas y ellas confirmaron que Blanca Rosa las acompañó desde que llegaron a España, pero ellas mismas no se explicaban por qué razón no se encontraba en el club el día de la irrupción policial.

Maruca y el padre Lucio se presentaron a la oficina del doctor Ruiz con la expectativa intacta. El fiscal los había convocado para contarles lo que sabía, y a pesar de no poder hacerles el anuncio que esperaban trató de convencerlos de que la falta de noticias podía ser una buena noticia. Para él, Blanca había logrado salir del circuito de explotación en el que estaba atrapada y, seguramente, se comunicaría con ellos apenas pudiese hacerlo. Maruca no se quedó conforme con la explicación y le rogó que siguiera buscándola. El fiscal se comprometió a hacerlo, pero en su fuero íntimo sabía que era muy poco lo que podía hacer por ella.

29

Jacko le dio alojamiento a la Rey en la casa que ocupaba en la calle Zurbano, cerca de la estación de metro Gregorio Marañón. Era un departamento antiguo y amplio alquilado por Nadia, su hermana, quien también trabajaba en tareas de seguridad, pero en eventos deportivos. Hacía un mes que ocupaba un puesto fijo en el estadio del Atlético de Madrid.

El custodio, por su parte, había dejado de trabajar en Face to Face. Le anunció su renuncia a Duarte cuando tomó la decisión de rescatar a la Rey. A su regreso del País Vasco, Nadia le contó que había logrado inscribirlo en una agencia que se dedicaba a la seguridad de oficinas públicas. Para Jacko fue como volver a empezar en la actividad.

La empresa que lo había contratado lo obligaba a hacer una semana en horario diurno y la siguiente por la noche. En general se trataba de tareas sencillas de seguridad en museos y centros culturales. Se quejaba porque ganaba menos que en la disco y porque tenía que utilizar uniforme, pero era el costo de alejarse de las actividades ilegales. El nuevo rol tenía muchas ventajas y una de ellas era que no tenía que lidiar con borrachos, adictos y policías. Jacko se había propuesto cambiar de vida y quería que su novia lo acompañara en ese proceso. Alentado por su hermana, estaba dispuesto a formar una familia.

En esos primeros días de convivencia, la Rey cursaba como podía la pasión que despertaba en el rumano. Dos preguntas mantenían ocupada su cabeza: cuándo podría volver a Buenos Aires y cómo ajustar cuentas con Duarte.

Todavía no se había contactado con Maruca. No veía la hora de hacerlo e imaginaba que debía estar a la espera de alguna señal, pero al mismo tiempo estaba segura de que su amiga haría todo lo posible para disuadirla de llevar adelante sus planes en Madrid. Y ella necesitaba cerrar esa historia.

Una tarde, sorpresivamente, Jacko le pidió casamiento. Se lo dijo con lágrimas en los ojos. Quería que se casaran en su pueblo natal, en Rumania. Quería que conociera a su madre y a los tres hermanos que se habían quedado allí. Quería muchas cosas. La Rey decidió mantener encendida esa posibilidad y le pidió tiempo para pensarlo, aunque sabía que nunca accedería. Estaba agradecida, pero no enamorada. En cierta forma había logrado olvidar lo ocurrido la noche en que se conocieron, pero no lo perdonaba. La Rey no tenía la virtud de la misericordia. Sentía que con Jacko eran compañeros en una tragedia. Dos náufragos que se abrazaban en medio de la tormenta, pero solo hasta que el tiempo escampara.

Como necesitaba conseguir dinero, volvió a limpiar casas. Primero fue a lo de una vecina que conocía Nadia, y luego sumó dos casas más. Era realmente buena limpiando y las recomendaciones no tardaban en aparecer. Hasta la hermana de Jacko estaba sorprendida por su eficacia. La Rey también se hizo cargo de la higiene del departamento, como una manera de contribuir a la economía de la casa donde se alojaba.

Cada noche antes de dormir dedicaba un momento a contemplar la piedra negra, pero desde que había vuelto a Madrid las únicas imágenes que aparecían ante sus ojos eran difíciles de definir. Veía una superficie de color negro brillante y a ella misma reflejada allí. A veces veía a dos hombres desconocidos, parados a su lado, pero en pocos segundos todo se diluía.

Jacko y Nadia Constantin habían nacido en una pequeña ciudad de Transilvania llamada Sibiu, ubicada a unos doscientos kilómetros de Bucarest. Formaban parte del medio millón de rumanos que eligieron a España como el país donde podrían construir un futuro mejor. La Rey nunca se interesó mucho por la vida de Jacko, pero la había salvado y aún podía ayudarla a concretar sus planes, por lo que estaba dispuesta a hacer algunas concesiones.

En la cena que organizaron en el departamento por el cumpleaños de Jacko, los hermanos respondieron a la curiosidad de «la paraguaya», como la llamó Nadia en su primer encuentro. «Así que tú eres la paraguaya que tiene loco de amor a mi hermano», dijo, y le dio la bienvenida con un abrazo que casi la deja sin aire.

La primera pregunta de esa noche era inevitable. ¿Qué hacían en Madrid? Los hermanos se turnaron para explicarlo, y comenzaron contándole la historia familiar. El abuelo paterno supo tener una explotación agrícola con una modesta producción que vendía en la capital del país. Después de sobrevivir a las penurias de la Segunda Guerra Mundial, con el ingreso de Rumania a la órbita soviética, la pequeña finca fue estatizada. Entonces la familia se dispersó. Cuando cayó el comunismo en 1989, sus padres y sus tíos recuperaron la propiedad y decidieron retomar el trabajo, pero la crisis económica, ahora provocada por la acumulación de riquezas en pocas manos, no les garantizaba la subsistencia a todos. Por ese motivo, como muchos jóvenes, Jacko y Nadia decidieron probar suerte en otro país.

Anduvieron un año por el norte de Italia y recalaron en Milán, donde llegaron a trabajar en un parque de diversiones. Allí, disfrazados de bruja y de Drácula, durante cinco meses asustaron a los incautos que ingresaban a la llamada Casa del Terror. Las fotos que le mostraron para certificar la veracidad de la aventura daban más risa que miedo.

—¿De verdad asustaban a alguien? —preguntó la Rey, entre carcajadas.

—Claro que se asustaban —se defendió Nadia—. Si vas predispuesto, lo que parece un juego deja de serlo.

Nadia contó que muchos de los paseantes se morían de miedo ante los alaridos desgarradores que ella lanzaba mientras se balanceaba sobre sus cabezas amarrada por un arnés. «Una noche, en el momento en que Jacko se levantaba de un ataúd en el final del recorrido, uno de los visitantes, aterrorizado, reaccionó pegándole un puñetazo. Logró salir del parque porque Drácula demoró en reaccionar. Si Jacko lo alcanzaba no sé cómo hubiese terminado. El miedo genera reacciones absurdas», concluyó riendo.

—A la gente le gusta tener miedo, hasta están dispuestos a pagar una entrada para ingresar a la Casa del Terror y que los asusten —agregó Jacko.

—Es una manera de estar en peligro, pero con todo controlado —dijo la Rey—. Ojalá fuese siempre así.

La Rey pensó que le gustaría tener ese tipo de miedo y no la lista de terrores que la acompañaban desde niña. Tenía muy claro que había conocido hombres más peligrosos que Drácula.

A los postres, no pudo evitar la tentación y les preguntó si conocían el castillo del vampiro más famoso del mundo. Y fue Nadia quien se encargó de quitar el plumaje de la ficción y le contó la historia del personaje real que inspiró al autor irlandés de la novela y que luego dio origen a las versiones cinematográficas. La Rey la escuchó fascinada, ahora que conocía la referencia real se propuso leer esa historia que ella conocía por haber visto una película en Ciudad del Este. Mientras lo decía en voz alta, tomó conciencia de que desde su llegada a España no había vuelto a tener un libro entre sus manos, y eso la entristeció.

Jacko retomó el relato: luego del recorrido que habían realizado por Italia, finalmente, por consejo de un primo, recalaron en Madrid. Como los dos habían pasado por el ejército y tenían formación militar básica, no tuvieron problema para encontrar trabajo en tareas de seguridad, una actividad en la que ya se desempeñaban algunos de sus amigos emigrados. Cuando hablaron del presente, Nadia le contó que soñaba con dedicarse a otra cosa, incluso fantaseaba con estudiar enfermería. Jacko, en cambio, parecía cómodo con su ocupación actual. Los dos dijeron estar a gusto en Madrid, aunque confesaron que sentían mucha nostalgia de Sibiu.

La Rey no tenía ganas de repasar su historia, pero no pudo evitar responder las preguntas de Nadia. Como lo había hecho con Jacko, dio una versión edulcorada de su vida en Paraguay y habló mucho de su abuela Cándida. También les contó de su paso por Buenos Aires, pero sin incluir a los Sampedranos ni la violencia desatada en su última noche en la Villa 31. Narró cómo la habían engañado con una oferta de trabajo para que aceptara el viaje a Madrid y la razón por la que terminó en la disco.

A sugerencia de Nadia, brindaron por sus países lejanos, escucharon música, bailaron, fumaron marihuana y se abrazaron. Esa noche Jacko le hizo el amor y volvió a pedirle que se casara con él.

30

La Rey se despertó al otro día con resaca, pero de buen humor. Por primera vez tenía la sensación de que su vida daría un giro. Desayunó café con magdalenas, y comenzó a trazar sus objetivos inmediatos: vengarse de Duarte y volver a Buenos Aires. A Jacko solo le confesó la primera de sus metas. Necesitaba su ayuda. El rumano intentó disuadirla con todos los argumentos que se le ocurrieron. Esencialmente le parecía innecesario atacar a Duarte cuando había podido escapar de sus redes «sin consecuencias». Además, creía que era muy arriesgado y difícil de ejecutar. «Esto no es Sudamérica», le dijo. A la Rey le causó gracia la frase, «como si Europa fuese un paraíso de paz», le respondió, y le planteó que si de verdad la amaba tenía que demostrarlo y ayudarla a castigar «a ese hijo de puta». La palabra castigo no dejaba opciones. Por lo demás, le dejó claro que si no la apoyaba lo haría sin su ayuda. Responsabilizaba a Duarte de haberla engañado y de prostituirla.

Cuando comprendió que sería imposible disuadirla, Jacko terminó aceptando. La Rey solo necesitaba un arma y estaba segura de que su amante podría conseguirla en el circuito ilegal. En esto España tampoco era muy distinta a los países del sur, aunque se matara menos y de manera más refinada. También le pidió los datos necesarios que le permitieran interceptar a Duarte con alguna oportunidad de éxito. El rumano le proporcionó las dos cosas.

Como no contaban con mucho dinero, en lugar de comprar una pistola Jacko decidió alquilarla. Era una opción posible si se tenían los contactos adecuados. Fue a ver a un tipo en Carabanchel que le prometió una Sig Sauer de nueve milímetros. Según le dijo, era una pistola alemana que se solía emplear como arma «negra» para trabajos ilegales de la policía. Jacko no necesitaba detalles y se lo dijo. Lo importante era que por quinientos euros podían utilizarla durante cinco días sin dar ninguna explicación. Cumplido el plazo tenía que devolverla. «Por más que la policía se quede con las balas servidas, esta pistola es imposible de rastrear. Es como si no existiera», le dijo el proveedor, quien por cien euros extras le suministró un silenciador.

La información de que Duarte estaba por viajar al exterior precipitó la acción. Jacko sabía que Duarte llegaba a Face to Face después de cenar, y permanecía en el local hasta el último tema musical. Los domingos la disco cerraba una hora antes y él solía demorarse con alguna de las mujeres en su pequeña oficina. Cuando salía de la discoteca, solo quedaba el personal de limpieza.

El otro dato relevante era que Duarte no andaba armado y únicamente se movía con custodia cuando trasladaba grandes sumas de dinero. Eso nunca ocurría en la madrugada.

La Rey eligió concretar su plan el domingo siguiente. Jacko estaba sorprendido de su decisión y ella tuvo que convencerlo demostrando su capacidad para manipular un arma como la que le había conseguido. La desarmó, revisó y cargó un par de veces en apenas unos minutos. «No va a ser la primera vez que le disparo a alguien», dijo y, ante la mirada perpleja de Jacko, confesó sonriendo: «Parezco buena persona, pero no lo soy». Luego con un rápido movimiento hizo que una bala se acomodara en la recámara de la pistola y le apuntó al rumano en la frente. «Nadie es del todo bueno», respondió Jacko agarrando el arma por el caño con un movimiento suave. La Rey volvió a sonreír.

El custodio trazó sobre un papel el recorrido que habitualmente hacía el dueño de Face to Face cuando terminaba cada jornada: «Sale por la puerta principal de la discoteca sobre la calle Reina Mercedes, dobla en la calle Orense y camina unos veinte metros hasta el parking, donde se sube a su BMW gris metalizado». El auto ocupaba siempre el mismo espacio que, después de tantos años, Duarte consideraba propio.

Para Jacko ese era el momento ideal para abordarlo, ya que raramente llegaba hasta allí acompañado. Su destino era siempre el mismo, el departamento que ocupaba junto a su mujer y socia, Rocío, y sus dos hijos, en el lujoso barrio de Salamanca. Algunos lunes solía desayunar con su esposa antes de que ella saliera para cumplir con los trámites y autorizaciones que el Ayuntamiento exigía para habilitar fiestas y eventos especiales en la discoteca. Jacko también le contó que Rocío aprovechaba ese día para reunirse con el contador, Emilio Fernández, con quien «se dice que lo engaña».

—No busqué más información sobre esto porque imaginé que no te interesaría —dijo Jacko con una sonrisa irónica.

—Seguramente a Duarte tampoco le interesa —dijo la Rey y dio por terminada la charla.

El sábado previo al ataque decidieron salir a caminar para hablar tranquilos lejos de Nadia. La hermana del custodio no sabía nada de la acción que estaban planificando y ellos necesitaban definir cuestiones importantes. Después de discutirlo, la Rey impuso su idea de utilizar una motocicleta. «Será a mi manera —dijo—, como se hace allá». Jacko lo aprobó de inmediato. Una moto no es difícil de conseguir, y aseguró que la podría robar el mismo domingo por la tarde. No solo era el mejor medio de transporte para salir de la zona lo más rápido posible, los cascos también serían funcionales para ocultar sus caras. Luego abandonarían el vehículo en algún lugar y tomarían el metro. A esa hora la ciudad todavía no se ponía en movimiento.

Caminaron conversando desde el piso de la calle Zurbano hasta el Kiosco Bellas Artes y decidieron desayunar allí, muy cerca del Museo de Ciencias Naturales. Jacko propuso ese bar donde solía hacer base con sus colegas antes o después de tomar su guardia en el museo. Hacía un mes que la empresa que lo contrataba lo asignaba a ese puesto los fines de semana, donde realizaba una tarea sencilla y bastante aburrida. Esta vez solo cumpliría con la jornada del sábado, ya que había logrado que un compañero lo reemplazara el domingo: «el día de Duarte», como lo llamó la Rey. Pidieron unas cañas, pero ya sin hablar de la operación, que habían definido en todos sus detalles durante la caminata. «Aquí no hay horario para la cerveza», la aleccionó el rumano.

En el mismo sitio, en la mesa que solían ocupar siempre, Américo le anunció a Salvador que había encontrado una manera de acceder al espejo azteca para intentar reproducir la experiencia de John Dee sin cometer ningún delito. El librero había logrado la autorización para que Salvador brindara una conferencia sobre el misterioso objeto, en un ciclo que se denominaba «Mi pieza favorita», organizado por la Sociedad de Amigos del Museo. Se trataba de una serie de conferencias destinadas a difundir el patrimonio haciendo referencia directa a alguna de las piezas expuestas. Todas las ponencias estaban vinculadas al estudio de las Ciencias Naturales o la Historia.

Un expositor había suspendido su presentación aduciendo enfermedad y la fecha del martes siguiente estaba vacante. Américo propuso inmediatamente una charla a cargo de su amigo que había sido aceptada. Ante la alegría de Salvador, le hizo una aclaración: «El contenido será tu responsabilidad. Tendrás que hablar sobre el espejo y aprovechar para probar sus supuestos poderes en aproximadamente una hora. Yo solo te voy a presentar y luego me quedaré orando a los dioses aztecas para que no hagas un papelón», dijo.

Salvador recibió el anuncio eufórico. «No necesito más», dijo. La idea era menos glamorosa que un robo, pero también menos arriesgada. Tenía poco tiempo para prepararse, pero no iba a dejar pasar semejante oportunidad. Américo prometió difundir por la web del museo y hacer algunos carteles para convocar al público en general. Su idea era invitar personalmente a representantes de la comunidad científica y a intelectuales amigos. Salvador sugirió convocar a algunos historiadores que conocía del mundo académico y a periodistas especializados. «Si el espejo funciona, como lo imagino, tendrán mucho para contar», dijo. «Y si no funciona, seguramente recogerán material de sobra para escribir», replicó el librero, ratificando sus dudas.

31

El día que lo iban a matar, Miguel Ángel Duarte tuvo un sueño extraño. Un pájaro negro volaba adentro de su dormitorio. El batir de alas generaba un sonido escalofriante. Él intentaba llegar a la ventana para abrirle una vía de escape, pero antes de que pudiera hacerlo el pájaro se estrelló violentamente contra el vidrio doble y cayó al piso hecho un amasijo de plumas y sangre. En ese instante se despertó. La escena había sido tan real que se incorporó para comprobar si el cuerpo del ave estaba todavía en el piso, junto al ventanal. «Fue un sueño», se dijo. No era la primera vez que una pesadilla lo despertaba, aunque nunca de un modo tan abrupto. Miró el reloj digital sobre su mesa de luz, eran las dos de la tarde. Volvió a meterse debajo de las sábanas. No debía cumplir con una cita laboral, era domingo y decidió quedarse un rato más en la cama.

El sueño lo había inquietado, pero con el correr de los minutos fue quedando atrás. Cuando finalmente se levantó para ir al cuarto de baño a orinar, lo había olvidado.

Duarte se duchó rápido, a las tres de la tarde lo esperaba el único almuerzo de la semana en el que participaba toda la familia: su esposa y sus dos hijos. Era un ritual concertado. Esta vez se sumarían sus suegros que habían llegado desde Paraguay para visitarlos. Antes de vestirse, se demoró un instante frente al espejo. Tenía cuarenta y siete años, pero se veía más joven. Mantenía todo el cabello, aunque dos entradas aparecían desafiantes en los costados de su frente. Estaba en buena forma. La rutina del gimnasio a diario con un personal trainer exigente, más una dieta planificada por su nutricionista, le estaban dando resultados comprobables.

Sabía que esa sensación de satisfacción no duraría para siempre, pero estaba resuelto a prolongarla. Incluso apelando a la ciencia y a la cirugía cuando llegase el momento. En su lucha contra el paso del tiempo y el deterioro físico había tomado decisiones radicales: ya no ingería alcohol ni fumaba. Su único vicio, como él mismo lo describía, eran las mujeres, tanto para consumirlas como para venderlas. Ellas eran el gran insumo de su pujante negocio. Por otro lado, lo que no podía con su imagen lo lograba con dinero.

Su último almuerzo transcurrió en armonía. Comenzó con la tradicional sopa paraguaya, la especialidad de Rocío Duarte, y prosiguió con carne asada y ensaladas. El postre estuvo a cargo de su suegra: budín de pan y *arasa kesu*, el dulce de guayaba con queso que tanto apreciaban sus hijos. Marisa y Nacho, de diez y doce años, completaban un paisaje de perfección familiar. Eran deportistas y estudiaban en un colegio religioso de Madrid. «Esta es la inmigración que queremos», había dicho el embajador del Paraguay en el último acto de celebración de la gesta patria del 14 y 15 de mayo de 1811, refiriéndose a la familia Duarte allí presente. Orgullo, eso era lo que se les había inculcado a los más pequeños del clan. Portaban documentos españoles, pero cargaban con la tradición de sus ancestros. Eso sí, una tradición entendida de manera arbitraria. Al estilo Duarte: sin ninguna referencia al idioma originario de su pueblo. En la casa estaba prohibido expresarse en guaraní, ni siquiera podían hablarlo con sus abuelos.

El almuerzo de ese domingo estuvo dominado por la política, aunque no era algo habitual discutir sobre esos temas en las reuniones familiares. Sus suegros estaban alarmados por la posibilidad de que el Frente Guasu, una alianza política conformada por fuerzas de izquierda y organizaciones sociales, pudiese mantenerse en el gobierno. Esa coalición había llegado al poder desplazando al tradicional Partido Colorado, del que su suegro era un fervoroso simpatizante y que había gobernado más de medio siglo. La continuidad del Frente Guasu representaría para el país «una catástrofe nacional». Duarte los tranquilizó: «Somos una sociedad nacionalista y conservadora, eso no va a pasar. De una forma u otra, la izquierda dejará el poder. Paraguay no está destinado a cambiar».

Por la tarde, las mujeres se fueron con los niños a dar un paseo por un centro comercial, mientras que los hombres, después de jugar un par de partidos de truco, aprovecharon para hacer una breve siesta. Su suegro en el cuarto de huéspedes y él en la hamaca que estaba colgada en el balcón. Para Duarte ese era el lugar más confortable del mundo, la tela se acomodaba a su cuerpo y lo abrazaba. Era una hamaca nueva, de fino algodón y muy suave. La había traído de Asunción en su último viaje para reemplazar la que lo había acompañado una década. «Me echo aquí unas siestas de escándalo», le dijo a su suegro, divertido. «Podría ser una muy buena mortaja», pensó segundos antes de entregarse al sueño, pero tampoco entonces Miguel Ángel Duarte reconoció el presagio.

Lo despertó el llamado de su esposa que le avisaba que habían decidido ir al cine y los invitaba a acompañarlos. «No cambia nada por un domingo que no vayas a trabajar», dijo Rocío. Duarte se excusó, por ninguna razón dejaría de concurrir a la disco. Convenció a su suegro para que se sumara al plan familiar y él se quedó en la casa. Se vistió pensando en la noche de Face to Face: zapatos marrones, pantalón beige, camisa crema y una chaqueta de tono arena. Buscar la combinación perfecta de su guardarropa era un ritual que disfrutaba. Incluso llegaba a colocar sobre la cama dos o tres conjuntos en distintos tonos, para comparar cuál era el más adecuado. Recién cuando se decidía por uno, comenzaba a vestirse. Antes de salir, el espejo del vestidor le devolvió la satisfacción de sentirse impecable.

En la disco se aburrió un poco, la noche estuvo demasiado tranquila. Poca gente y bajo consumo en la barra. Era algo que venía observando: últimamente a fin de mes se daba una merma significativa. En especial, entre los clientes habituales, la mayoría de la colectividad paraguaya. Duarte pensó que tenía que organizar alguna fiesta que fuera convocante y, tal vez, hacer promociones, bajar el costo de los tragos y otorgar algún descuento en el valor de las entradas.

Pasadas las cuatro de la madrugada, cuando la música anunció el final con ritmos más lentos, entró a su oficina para hacer el cierre de las cuentas. Le acercaron la recaudación de la puerta y de las cajas de la barra. Hizo los arqueos, separó plata para los proveedores que llegarían el lunes y no estaban bancarizados y guardó dinero en tres sobres para pagos en efectivo. Era su manera de recompensar a los más leales de su personal. Luego depositó todo en una pequeña caja fuerte que estaba oculta bajo una baldosa falsa en el piso.

A las cinco y veinticinco le pidió al encargado que le mandara a una de las chicas que habían comenzado esa semana. Se llamaba Carmen, pero la tía Rudy la había bautizado como Romina. Sonaba mejor con ese nombre, reconoció Duarte, debía admitir que la tía Rudy tenía un don.

Una vez que Romina entró a la oficina no hizo falta presionarla. Sabía para qué estaba en Madrid. Era despierta y quería hacer dinero para mandarle a su familia. La había convencido él mismo para que viajara a Europa. Era hija de unos primos de su esposa y hasta hacía una semana vivía en una ciudad pequeña que a Duarte le gustaba mucho: Ypacaraí. Por eso la recibió cantando la popular guarania: «Una noche tibia nos conocimos / junto al lago azul de Ypacaraí / tú cantabas triste por el camino / viejas melodías en guaraní...». Ella sonrió algo nerviosa y él le borró la sonrisa con un beso.

Duarte salió por la puerta principal de Face to Face a las seis y veinte. Saludó al encargado y, como había previsto Jacko, caminó tranquilo hasta la calle Orense. Dobló y se acercó a su auto silbando la guarania que hablaba del lago azul de su país. Difícil saber en qué pensaba. Se lo veía contento. Una brisa lo llevó instintivamente a subir el cierre de su campera. Cuando estaba a punto de abrir la puerta del BMW, la Rey emergió por detrás del vehículo, apuntándole con el fierro alemán alquilado por Jacko. Duarte gritó algo que no se entendió e intentó girar, como para desandar el camino hasta la discoteca. No podía hacer otra cosa porque estaba desarmado. «*Ne añamemby*», el insulto de la Rey sí se escuchó nítidamente. Lo soltó justo antes de apretar el gatillo dos veces. Duarte cayó hacia atrás como si lo impulsara una ráfaga de viento y su cuerpo fuese una hoja agitándose a su capricho.

La Rey estaba segura de que la había reconocido, y que su mirada de furia lo acompañó en el instante final. Enseguida se puso el casco, que había dejado a sus pies, y corrió en dirección a la esquina. Jacko le había pedido que no se lo quitara por ninguna razón, pero ella había decidido desobedecer esa indicación. Quería que Duarte supiera quién lo mataba. Llegó agitada a la plaza de Carlos Trías Bertrán y se subió a la motocicleta Honda que había robado su compañero. Cuando Jacko sintió el abrazo en su espalda aceleró y salieron del vecindario a toda velocidad.

Dejaron la moto en un garaje de San Blas, Jacko ya había arreglado con un conocido, que se encargaría de desmontarla en pocas horas para vender sus partes.

Luego se fueron a desayunar a una panadería. Frente a la taza de café, el custodio no dejaba de expresar su admiración por la frialdad con que la Rey había resuelto la faena.

—Joder, no conozco mujeres así —dijo en su español mordido y sin ocultar su fascinación.

La Rey se quedó mirándolo sin decir nada. Jacko se levantó, rodeó la mesa, la tomó suavemente de los hombros forzando a que se parara frente a él y la besó apasionadamente.

Caminaron hasta el metro para regresar al departamento en transporte público, tal como lo habían planificado. La idea era guardarse todo el día aprovechando que Jacko no tenía que ir a trabajar. Además, necesitaban dormir, habían pasado la noche en vela. Por la tarde, el custodio devolvería la pistola y ya nada los conectaría con el asesinato del dueño de Face to Face.

32

A pesar del cansancio, a la Rey le costó conciliar el sueño y tuvo que apelar a un sedante que encontró en el neceser de Nadia. Con esa ayuda, durmió hasta el martes al mediodía. Cuando despertó estaba sola. Se duchó y, mientras almorzaba una ensalada, decidió ir a buscar a Jacko al Museo de Ciencias Naturales. Quería hablar con él, tratar de bajar las expectativas que le había generado. Y quería hacerlo de un modo amable. Necesitaba contarle que estaba evaluando volver a Buenos Aires. Quería decirle que a su modo lo quería, pero que no lo amaba y que nunca se casaría con él ni con nadie. Salió con la idea de pasar a buscarlo cuando terminara su turno.

Américo se dirigió al salón de actos del museo. Estaba ubicado en la segunda planta del edificio, en el ala de biología. Era un lugar sobrio y no muy grande, por lo que generaba cierta intimidad entre el orador y el auditorio. Se asemejaba al aula de una universidad. Cuando ingresó al recinto, hizo un paneo rápido y comprobó que había especialistas en ciencias naturales, geólogos, historiadores, un grupo de estudiantes —seguramente de la cátedra del propio Salvador—, un par de periodistas conocidos que se dedicaban a temas de ciencia y salud, y una veintena de habitués a las charlas del museo. Medio centenar de personas en total. No estaba nada mal para lo sorpresivo de la convocatoria.

Cuando la Rey llegó a la puerta del museo, Jacko le dijo que su jefe le acababa de notificar que se iba a realizar una conferencia y que debía quedarse en su puesto por un par de horas más. Como le aseguró que se lo pagarían como un extra decidió aceptar. Jacko se disculpó y le propuso que lo esperara enfrente en el Kiosco Bellas Artes o en algún bar de los que se suceden por el Paseo de la Castellana. Mientras lo escuchaba, la Rey vio el cartel que promocionaba la charla sobre el espejo azteca y se acercó para leerlo con detenimiento. El profesor Salvador Merino iba a exponer sobre «los secretos del célebre espejo de obsidiana». Se sorprendió con el anuncio, la obsidiana era su piedra, la gran herencia familiar. Tenía que saber más sobre ese objeto al que ella se asomaba para buscar imágenes. «Prefiero esperar adentro», le dijo a Jacko, quien se sorprendió por el planteo, pero le franqueó la puerta con gusto. «Si no te aburres, creo que es mejor estar aquí que esperar sola en otro sitio», coincidió y le indicó cómo llegar hasta el salón de actos. La Rey descartó utilizar el ascensor y eligió subir por las amplias escaleras de madera.

Américo presentó al profesor Salvador Merino destacando el prestigio de su cátedra y enumerando sus doctorados en distintas universidades de Europa. Mencionó su origen argentino, su intenso trabajo como investigador en España y sus libros más relevantes. Finalizó ponderando la pasión de Salvador por todo lo relacionado con la cultura precolombina. «Sin pasión no se puede hacer nada trascendente», dijo. En un voto de confianza hacia la incierta propuesta que su amigo había preparado para esa noche, se permitió decirles a los presentes que no solo estaban ante una oportunidad concreta de conocer aspectos novedosos de la cultura azteca, sino que el profesor Merino estaba «decidido a provocar vuestro asombro».

La atención de los asistentes ya estaba ganada: por las palabras de Américo y por el impacto que causaba ver el espejo a un costado de la pequeña tarima. El disco de obsidiana, de treinta centímetros de diámetro, con su marco de madera, estaba montado cuidadosamente sobre un caballete de los que se usan para exhibir pinturas.

Hasta allí lo habían trasladado el jefe de seguridad y el conservador de piezas históricas y mobiliario del museo, cumpliendo con todos los protocolos de la institución. Después de un debate entre los dos amigos, habían decidido mantenerlo descubierto. «No quiero que parezca un acto de magia», había argumentado Salvador, que finalmente impuso su criterio. Américo defendía el efecto de descubrirlo cuando llegase la ocasión: «Muchos de los convocados lo conocen, pero verlo fuera de la vitrina tendrá un efecto potente. Es el espejo azteca más grande de los que se han descubierto hasta hoy», había propuesto sin éxito.

Para la presentación, Salvador eligió vestir un traje negro, el único que guardaba en su placard, y una camisa blanca a la que, en opinión de Américo, le faltaba una corbata. «Si te vas a vestir como para una boda, lo hubieses hecho de forma completa», le dijo. El librero, en cambio, lucía como todos los días, «de elegante sport», según lo definía bromeando. Un jean, camisa celeste y un blazer azul. Presentaban un armónico contraste.

La Rey entró en el salón de actos, avanzó tímidamente y se ubicó en una de las sillas de la última fila. Nunca antes había estado en una conferencia. Cuando se sentó miró hacia el frente.

Los dos amigos notaron su ingreso y registraron la rareza sin hacer comentarios: una mujer joven y hermosa, que no parecía pertenecer al mundo académico ni de la ciencia, había irrumpido en el salón a último momento. Vestía de manera simple y refinada. Un pantalón caqui y una camisa verde con los dos primeros botones desprendidos.

Para la Rey, la escena tenía algo de acto escolar: la tarima, el escritorio de madera, las láminas en las paredes. Le recordó los cierres de curso en su escuela de Ciudad del Este, pero fue una evocación efímera. El espejo rompía cualquier referencia con el pasado y captó toda su atención. No necesitaba acercarse para saber que estaba hecho del mismo material que su piedra. Su tamaño le daba un aspecto perturbador. Como si lo que estuviese en exhibición fuera un ser vivo y no una cosa.

Cuando Américo se ubicó en el lugar que tenía reservado en la primera fila, Salvador comenzó su ponencia con una aclaración: «Antes de avanzar con lo que quiero mostrarles en relación con este objeto verdaderamente maravilloso, voy a contarles una historia personal», dijo y, después de una pausa, prosiguió: «Mi relación con el espejo azteca comenzó hace diez años en un viaje al estado de Chiapas en el suroeste de México. Chiapas es la tierra de los célebres guerreros águilas, la tierra que nunca fue conquistada totalmente por los españoles, la tierra del ámbar y de la desigualdad más extrema. Es una tierra que fue puesta en consideración del mundo por el Subcomandante Marcos, con el llamado levantamiento zapatista. Fue en esa tierra, donde todavía perduran las lenguas mayas y se cumplen ceremonias ancestrales, donde comencé a pensar obsesivamente en los espejos».

La Rey desde su silla en el final de la sala asintió con la cabeza varias veces. Fue un gesto intuitivo, imposible de explicar.

El Toyota Corolla negro se detuvo a unos metros de la puerta del edificio que ocupaban Jacko y Nadia Constantin. El Cholo bajó del auto junto a dos de los matones rumanos que trabajaban en la discoteca. La tía Rudy se quedó en el asiento del acompañante. Aunque iban dispuestos a subir al departamento, no hizo falta. Uno de los custodios preguntó por Jacko a través del portero eléctrico. Se presentó como un ex compañero de trabajo que venía a saludarlo. «Jacko me dio esta dirección», dijo en rumano. Hacía un par de días que Nadia no se cruzaba con su hermano, pero no percibió nada anormal en la visita. Respondió a través del intercomunicador que podía encontrarlo en el Museo de Ciencias Naturales, donde estaba trabajando y, según creía, a punto de terminar su turno.

33

Salvador comenzó a describir la iglesia de San Juan Chamula, que había visitado en ese pequeño pueblo de Chiapas. Lo que más sorprendió a la Rey es que habló de una iglesia sin bancos, un lugar que obligaba a estar de pie, de rodillas o sentado en el piso, que era de tierra y estaba «cubierto de ramas de pino porque se lo considera un árbol sagrado». Dijo que había «cientos de velas encendidas» y que «allí dentro se realizan curaciones sacrificando gallinas o se utilizan sus huevos para que absorban la enfermedad frotándolos suavemente en la piel de los dolientes». Salvador contó también que en esa iglesia «se bebe *posh*, un aguardiente producto de la fermentación del maíz, y se consumen gaseosas para eructar y expulsar de esa manera a los malos espíritus del interior del cuerpo». La Rey seguía el relato con toda su atención. La voz había logrado trasladarla a ese sitio desconocido, mágico y real a la vez. Era como estar en una de las historias de Horacio Quiroga.

«En este templo manda el sincretismo», dijo Salvador. La Rey no sabía qué quería decir esa palabra, pero se prometió averiguar su significado más tarde. «Cristo —continuó— tiene un papel secundario y no se lo ve crucificado en ningún lado. Ocurre a la inversa que en los templos protestantes. El referente principal allí es San Juan Bautista. Es el dios sol, al que se sigue venerando tanto como a la luna, representada por la imagen de la Virgen María. Los chamulas son descendientes directos de los mayas, suelen vestir de negro y blanco, y han puesto en las imágenes del santoral católico sus antiguas creencias. Cada santo tiene un espejo colgado del cuello. Los indios dialogan con ellos, les agradecen, se enojan y les reclaman a viva voz cuando no cumplen. Todo en el antiguo idioma tzotzil. Pasé muchos días en la iglesia de San Juan Chamula. En un principio, pensé que el espejo, al reproducir el movimiento del penitente, ayudaba a la conversación, pero no. De tanto observar los encuentros, comprendí que el espejo era una suerte de hueco donde perderse. Los devotos hablan y rezan hasta que el espejo borra el reflejo. Es en ese instante de total compenetración cuando las faltas cometidas desaparecen, y son perdonadas. Se trata de espejos cuya cualidad no está en el reflejo. Son espejos que tienen la capacidad de engullir las imágenes que reciben».

Salvador hizo una pausa para ver el efecto que estaba causando su relato y, entre las caras en las que se detuvo, estaba la de esa mujer que lo miraba fijo desde la última fila. Entonces, reforzó la idea desde la vivencia personal y, en un tono más alto, agregó: «Nadie me contó lo que les estoy relatando. No lo leí en ningún libro, estuve allí y les aseguro que yo también desaparecí en esos espejos».

La tía Rudy le sugirió a Cholo ir a buscar a Jacko al museo. Todavía los forenses no habían comunicado el resultado de la autopsia de Duarte, ni su esposa había determinado los detalles del velatorio, pero ellos tenían un dato que consideraban definitivo y no querían esperar. Estaban convencidos de que el antiguo empleado había actuado como sicario. Cuando interrogaron, antes que la policía, al personal que había estado trabajando en la madrugada del lunes, una de las encargadas de la limpieza contó que había salido de la discoteca unos minutos antes que Duarte y que mientras esperaba el autobús vio a un hombre cruzar la calle en motocicleta, a poca velocidad. Les contó que el semáforo lo obligó a parar a poca distancia de donde estaba ella y que, aunque tenía el casco puesto y no se le veía la cara, estaba segura de que se trataba de Jacko, porque pudo ver el tatuaje de una serpiente que el ex custodio tenía en la mano derecha. Dijo que recordaba ese dibujo ya que le resultaba repulsivo, odiaba a los reptiles. Para la tía Rudy no hizo falta más.

Salvador reiteró que, desde aquel viaje a México, los espejos precolombinos se habían transformado en el centro de su interés académico. «Como muchos de ustedes saben —aclaró, buscando complicidad entre los pocos estudiantes de su cátedra que lo estaban escuchando—, existen dos dioses muy relevantes en la cosmogonía mexicana: Quetzalcóatl, el señor de la luz y la espiritualidad, y Tezcatlipoca, el señor de la noche, la materialidad y la guerra. El principal atributo que exhibe este dios en uno de sus pies es un espejo de obsidiana del que emana humo. Por eso se denomina a Tezcatlipoca "espejo humeante"».

La Rey era de las pocas personas en la sala que no sabía nada sobre estos dioses, pero no le importaba. Estaba fascinada con la historia, sentía que ese hombre hablaba solo para ella. Sus palabras se mezclaban con las de su abuela. Recordó que Cándida le había contado que la piedra de obsidiana había llegado a manos de su antepasado por intermedio de un chamán mexicano.

«Existen muchas leyendas relacionadas con los dos dioses y el espejo —dijo Salvador—. Una de las que recopiló el misionero Bernardino de Sahagún cuenta que Tezcatlipoca engaña a Quetzalcóatl, lo hace emborrachar y lo incita a cometer actos indignos. Luego el dios de la luz se asoma al espejo de Tezcatlipoca y se ve viejo y débil, lo que lo lleva a abandonar México. Esta historia coincide con aquellas que señalan que el espejo no solo logra ocultar el reflejo sino también hacer ver otras cosas. Pueden aparecer ante los ojos aspectos ocultos y distorsionados, se pueden corporizar sentimientos y emociones. Se puede alterar la percepción. O, como dicen los mexicanos, se puede abrir un portal que lleve directo al inframundo».

La Rey pensó en su piedra negra y sintió la necesidad de comprobar que estaba en su sitio. Era algo que le pasaba seguido. La tranquilizaba saber que la tenía cerca. Metió la mano en su mochila y acarició la caja que la contenía. Desde la fuga de la discoteca de Hernani la llevaba siempre con ella. Volvió la atención a las palabras del profesor.

«El espejo que ustedes están viendo a mi lado es un espejo humeante o un espejo negro. Está confeccionado con obsidiana, una piedra volcánica muy utilizada en Mesoamérica para tallar armas, adornos y, como pueden apreciar, espejos. Tiene una composición química de silicatos alumínicos y un setenta por ciento de óxidos silícicos. En esencia es parecida al granito y a la riolita», dijo Salvador.

«No voy a entrar en detalles sobre el recorrido previo a la llegada del espejo al museo porque es historia conocida. Ni voy a detenerme en la confusión que hizo que se lo denominase durante años "el espejo inca". Los interesados pueden consultar esto en la web del museo o en otros sitios. Abundan los artículos sobre el tema y no es tan relevante para lo que quiero mostrarles esta noche». Salvador hizo una pausa, se incorporó de su silla y se acercó al espejo.

«Hasta hace algunos meses y después de reiteradas visitas al museo, no le había encontrado al espejo otra utilidad que no fuese el estudio histórico. Valga una acotación: todavía falta determinar, por ejemplo, si el marco de madera que lo contiene es original de Mesoamérica o fue colocado posteriormente aquí en Europa», señaló mirando a su amigo. Américo se sintió aludido, pero devolvió la estocada con una sonrisa. Efectivamente era un dato que los especialistas no habían podido determinar.

«Lo que cambió radicalmente mi foco de atención sobre el espejo puede sintetizarse en un nombre y un apellido: John Dee —dijo Salvador—. El célebre científico inglés, que algunos de ustedes conocerán, utilizó un espejo similar a este para comunicarse con ángeles y espíritus. Eso es lo que registran la mayoría de sus biógrafos, lo que le generó innumerables críticas. Y es una de las cuestiones que quiero rebatir esta noche. El notable doctor Dee, que también era alquimista y astrólogo, no estableció contactos espirituales de ningún tipo. Gracias a sus enormes conocimientos utilizó el espejo como lo hacían los sacerdotes aztecas en México: para poder ver más allá de lo visible. Ver, por ejemplo, a personas que eran evocadas con intensidad por quienes se asomaban a esta superficie opaca. Así como lo escuchan, a través del espejo negro John Dee pudo evocar las imágenes de personas que estaban lejos o cerca, vivas o muertas...».

Los murmullos en la sala hicieron que Américo tuviese que pedir silencio. Incluso se escucharon algunas risas y alguien alzó la voz para decir: «Esto no es serio». Américo se puso de pie y tuvo que levantar la voz para acallar los cuestionamientos: «Por favor, permitan que el profesor Merino prosiga con su exposición. Les he dicho, en la apertura de este encuentro, que esto sería más que una conferencia. Todos los que estamos aquí, en mayor o menor medida, estamos unidos por la curiosidad. Si la charla estaba colmando vuestras expectativas hasta hace unos minutos, deberías ser pacientes y seguir escuchando sin prejuicios».

Por un momento, ante los reclamos de algunos participantes, la Rey había temido por la continuidad de la charla, pero la intervención del otro hombre había disipado cualquier duda. De él emanaba una autoridad que ella conocía bien, una autoridad que nacía en las palabras y también en la manera de pronunciarlas. Algo que había visto en el padre Lucio cuando se plantaba frente a cualquiera en la Villa 31. No importaba cuán violento fuera su oponente, lo dominaba hablando, solo tenía que cambiar el tono de voz, hacerlo más firme y potente. La seguridad ya estaba dentro de él y eso le daba otra estatura, como la que tienen las sombras cuando crecen por el movimiento del sol.

A Américo le hubiese gustado escuchar semejante elogio.

Salvador retomó la explicación: «Pude acceder en la Biblioteca Bodleiana de Oxford a un manuscrito que se atribuye a un colaborador del doctor Dee, donde se da cuenta de una experiencia que fue realizada, posiblemente, en la corte de Rodolfo II de Austria. El contenido de ese documento, que no fue difundido al público todavía, testimonia que es factible que una persona que se coloque frente al espejo pueda evocar con su pensamiento la imagen de otra persona amada, odiada o temida. Reitero, en las condiciones adecuadas, el espejo puede hacer comparecer la imagen de alguien evocado por un pensamiento potente que esté atravesado por la ira, el temor o la felicidad».

Salvador recorrió con la vista a la concurrencia, pero evitó hacer una pausa: «No se trata de magia sino de ciencia. Y lo voy a explicar de manera sencilla. No soy especialista en química, pero hay un estudio del doctor Paulín que revela las propiedades del carbón, y de otros minerales de similar composición, para atraer el pensamiento. Según su teoría el pensamiento despide electricidad y el carbón absorbe esa electricidad. Si esto es así, el espejo azteca al ser un disco con similar composición mineral podría catalizar pensamientos y devolverlos en imágenes. El pensamiento evocador llamaría al pensamiento evocado por el efecto químico que genera el círculo de carbón pulido. En consecuencia, una persona que se asome al disco de obsidiana con el pensamiento sobreexcitado y con la predisposición necesaria puede lograr que el flujo eléctrico de su mente sea captado por el espejo y este lo refleje en forma de imágenes».

A la Rey le explotaba el corazón del entusiasmo, al fin alguien le daba una explicación a lo que pasaba con su piedra, pero muchos en la sala no recibieron las palabras de Salvador de la misma manera. Los comentarios reprobatorios se hicieron explícitos. Otra vez, Salvador no se detuvo: «Esto explicaría por qué los sacerdotes aztecas solían utilizar este tipo de espejos colgados en el pecho —dijo—. Sí, como lo escucharon: colgados en el pecho, de la misma forma en que están colocados los espejos sobre el pecho de las imágenes de los santos en la iglesia de San Juan Chamula. Es evidente que querían provocar algún efecto, por ejemplo, en sus aterrorizados enemigos momentos antes del sacrificio. ¿Obligarlos a ver sus propios horrores? ¿Conocer qué pensaban? ¿Quién sabe? El horror de esas escenas sangrientas quedó registrado en las pirámides aztecas, pero seguramente la utilización de los espejos negros no se limitaba a los sacrificios».

Ahora sí, Salvador hizo un breve silencio mientras fijaba la vista en cada uno de los asistentes de la primera fila y prosiguió desafiante: «Si quieren pueden considerar mi teoría como un disparate o un juego dialéctico. Solo quiero hacerles una invitación: intentemos recrear la experiencia de John Dee. No tenemos nada que perder».

El Cholo detuvo el auto a unos quinientos metros del museo, sobre la calle Pedro de Valdivia, cerca de un restaurante asturiano. Se había demorado varios minutos en encontrar un lugar donde estacionar. La tía Rudy se pasó al volante por si era necesario mover el vehículo, mientras Cholo y los dos custodios se dirigieron hacia el museo. Los tres iban armados.

34

El desafío estaba lanzado. Américo se incorporó y directamente solicitó un voluntario para asomarse al espejo. Salvador tenía la garganta seca, bebió unos sorbos de agua de la copa que estaba sobre el escritorio y que no había tocado hasta ese momento. Cuando se recompuso, reforzó la convocatoria: «Lo ideal es que pase al frente una persona que quiera evocar a alguien muy querido o, por qué no, a alguien odiado. Con pensamientos fuertes tendremos más chances de recrear el experimento de John Dee».

Jacko salió del museo para fumar un cigarrillo en la puerta. Tenía asignada la custodia de la entrada principal y sabía que nadie podría molestarlo. Su jefe no permitía ese tipo de licencias, pero no iba a sorprenderlo en falta porque estaba obligado a permanecer en la parte posterior del edificio. Allí estaba la salida de emergencia, que debía mantenerse abierta en todo momento mientras hubiese público en el museo. A esa hora, solo quedaban ellos dos del personal de seguridad. Jacko calculó que la conferencia se extendería, por lo menos, durante unos treinta minutos más porque el cierre estaba fijado para antes de las nueve de la noche. Podía tomarse un pequeño recreo.

Tres de los asistentes levantaron la mano en respuesta al singular llamado a participar. La Rey tuvo el impulso de hacerlo, pero desistió. Una mezcla de vergüenza e inseguridad le impidieron ofrecerse como voluntaria. Sin saber bien por qué Salvador la buscó con la mirada, pero al verla inmóvil no se animó a decirle nada. Después de un momento de vacilación, Américo lo ayudó a elegir. Optaron por el doctor Enrique de la Colina, un geólogo retirado, quien había enviudado hacía unas semanas. El hombre avanzó y se sentó frente al espejo. «Imagino a quién le gustaría ver», dijo Américo, comprensivo, y el hombre asintió.

Ante la expectativa general, Salvador le indicó que fijara la mirada en el disco negro y se concentrara. «No tiene que mirarme a mí, esto no es un truco de hipnosis. Debe mirar al espejo y dejar que su mente decida qué pensamiento evocar», le dijo. El doctor De la Colina se aferró a los costados de su silla como si temiera salir eyectado. El silencio en la sala era reverencial. Salvador insistió: «Permita que su pensamiento fluya hacia el espejo, no tema asomarse a la oscuridad».

La Rey fijó la vista en el círculo negro y apenas lo hizo percibió unos movimientos sutiles. Como un oleaje que agitaba levemente la superficie brillante. No pudo evitar ponerse de pie y enseguida percibió la atracción de la profundidad. Primero sintió vértigo, como si pudiese caer dentro, y luego una sensación de desolación, de tristeza profunda. Nadie notó su movimiento, todos estaban concentrados en lo que pasaba en el frente.

La Rey vio cómo el espejo adquiría un tono rojizo. La voz del profesor se fue apagando en sus oídos y comenzó a escuchar el tac tac tac del ventilador de la casa de su abuela. El rojo fue virando al naranja y de entre las llamas apareció una cabeza humana. En los primeros segundos no pudo reconocer la imagen. Entrecerró los ojos para que la luz difusa no le impidiera ver la figura que avanzaba. Ahora distinguía con nitidez que se trataba de la cabeza de un hombre. Parecía querer salir del círculo de madera.

«¡Doctor, por favor, díganos si logra ver algo!», exigió Salvador. El hombre sentado frente al círculo de obsidiana permaneció imperturbable ante el pedido. En tanto, la Rey avanzó unos pasos y todo se le hizo más nítido: con la boca torcida en un gesto espantoso, la cabeza del Recio la llamaba sin emitir sonido. Era él, no tenía dudas, pudo reconocerlo a pesar del pavor que la invadía. Su primer muerto había surgido de la oscuridad del espejo y la reclamaba con los ojos abiertos y actitud amenazante. La piel de la cara se le partía como si fuese de porcelana a medida que avanzaba y desde los labios hinchados exhalaba un olor fétido que le llegaba por ráfagas.

El doctor De la Colina se incorporó lentamente de la silla y dijo en voz alta: «¡Aquí no se ve nada, coño, es un timo!». El auditorio se llenó de risas y comentarios, hasta que un grito interrumpió el murmullo. La Rey estaba parada en medio de la sala, señalando con un brazo hacia adelante. La enorme cabeza retrocedía y la arrastraba hacia un pozo de sombras. Ella miraba con horror algo que nadie veía.

Todos se quedaron contemplándola en silencio. La Rey dio dos pasos en dirección al espejo. En ese instante, se oyeron disparos.

Jacko había lanzado la primera bocanada de humo pensando dónde podría llevar a su novia a cenar, cuando los vio. Reconoció a Cholo de inmediato y este, a su vez, comprendió que Jacko los había detectado y gritó su nombre. Sin necesidad de acordarlo, comenzó a correr hacia él seguido de cerca por los dos custodios que desenfundaron sus armas. Todo pasó muy rápido. Jacko giró hacia el edificio con el objetivo de alcanzar el interior. Cuando estaba a punto de lograrlo, escuchó dos estampidos y enseguida un pinchazo en mitad de la espalda. Fue como si el balazo lo hubiese empujado hacia adelante. Con el impulso logró entrar y cerrar la puerta principal tras de sí mientras la boca se le llenaba de sangre.

Con su último aliento, alcanzó a apoyarse en una pared, justo al lado del tablero de luces. Mientras sus perseguidores forzaban la puerta, se estiró y con esfuerzo abrió el panel y desconectó la llave general de la luz. Tal vez pensó que de esa forma le daba a la Rey una chance de escapar. Quizás creyó que no moriría esa noche y que volvería a encontrarla. Luego se dejó caer.

Después de las detonaciones, en el salón de actos se produjo un desbande generalizado: la mayoría de los asistentes buscó refugio entre las sillas y detrás del escritorio, unos pocos enfilaron hacia la salida de la sala. A continuación, el corte de luz potenció la confusión. Américo encendió la linterna de su teléfono y buscó a Salvador, que ya no estaba en el frente. Lo descubrió entre las últimas filas tomando de los brazos a la Rey y preguntándole con insistencia: «¿Qué viste? Por favor, decime qué viste». Solo se detuvo cuando escuchó el grito de su amigo que, a su lado, agitaba el teléfono móvil a modo de linterna.

«No sé qué está pasando —dijo Américo—, pero mejor nos vamos». Salvador estuvo de acuerdo, pero antes le pidió que sujetara de la mano a la chica con una indicación terminante: «Ella vio algo, Américo, se viene con nosotros», y fue en busca del espejo. En la oscuridad se tropezó con las sillas y tuvo que dar algún empujón, pero en un minuto tenía el espejo entre sus manos y estaba de vuelta junto a su amigo.

Américo lo miró con reprobación, pero optó por no cuestionarlo. «Sé cómo salir de aquí —dijo—, solo tienen que seguirme». Luego apagó el pequeño haz de luz del teléfono y les susurró: «Vamos junto a la pared», y los condujo hacia una puerta ubicada en la esquina izquierda, que era de uso restringido para el personal del museo. Cuando la atravesaron, salieron a un pequeño espacio con una escalera caracol. Américo volvió a prender la luz de su móvil para iluminar los peldaños, y lo sostuvo entre los dientes, necesitaba una mano para aferrarse al pasamanos y otra para sostener a la Rey, que se dejaba conducir como una niña. Salvador no podía ayudarlo porque cerraba la marcha cargando el espejo. Comenzaron el descenso lentamente.

Cholo comprobó que Jacko se estaba muriendo. Aun así, lo aferró de la camisa y sacudiéndolo le preguntó: «¿Por qué lo mataste, hijo de puta?», pero el rumano ya no lo escuchaba. Cholo vio que algunos de los asistentes a la conferencia empezaban a llegar a la entrada principal y se dirigían hacia donde estaban ellos en busca de la salida. «Vamos —ordenó—, pronto llegará la policía». Mientras trotaban hacia el auto, les recriminó a sus matones el haber disparado sobre Jacko. «Ahora nos quedamos sin saber quién mandó a matar a Duarte. La tía Rudy se va a cabrear feo», dijo.

Américo, Salvador y la Rey llegaron a la planta baja y atravesaron algunas salas atestadas de piezas valiosas. Animales embalsamados de todos los tamaños los acechaban en la oscuridad. La Rey tuvo la sensación de estar cruzando la selva en Caazapá, cerca de su casa de infancia, de la mano de su padre. Percibió con claridad los sonidos dulces y amenazantes que nacían de la vegetación. La imagen aterradora del Recio había quedado atrás.

Caminaban sin hablar. Recién cuando llegaron a la última sala, antes de la salida de emergencia, Américo le advirtió a Salvador que si el guardia estaba en su puesto deberían volver sobre sus pasos. «No estará», replicó Salvador apelando a la buena suerte.

Avanzaron en fila india unos metros más, evitando hacer ruido y guiados por la luz que emanaba del móvil de Américo, quien enfocaba el piso adelante de sus pasos. A lo lejos, escucharon el ulular de una sirena policial. Efectivamente no había nadie custodiando esa salida. El jefe de los guardias estaba, en ese momento, en la puerta principal del museo intentando reanimar a Jacko. «No hay moros en la costa», dijo Américo y les indicó a sus compañeros que podían adelantarse.

Salvador volvió entonces su atención sobre la Rey:

—No sé quién sos, pero ahora no importa —le dijo mirándola a los ojos—. Ya habrá tiempo para que nos cuentes, solo quiero saber qué te pasó allí dentro. Estabas como en trance. ¿Viste algo en el espejo? —preguntó impaciente.

La Rey, que al fin había vuelto a tomar conciencia plena de dónde estaba y con quiénes, suspiró y dijo:

—Siempre veo cosas en la obsidiana... el espejo funciona, profesor.

Salvador comprendió que al fin se encontraba frente a alguien que podía entender todo lo que había vivido en los últimos años. Tuvo ganas de abrazarla, pero se contuvo.

Américo los interrumpió.

—Lo siento, pero no hay tiempo que perder. No sé por qué hubo disparos en el frente ni lo que está pasando, pero mejor os marcháis hasta que esto se aclare. Antes de eso, Salvador, prométeme que devolverás el espejo.

—Lo prometo. O te lo juro, si eso te deja más tranquilo...

—Me alegra que lo entiendas. Y, por último, necesito que me des una buena hostia.

Ante la primera objeción de su amigo, Américo insistió:

—¡Tienes que hacerlo, coño! Como si yo fuera a disfrutarlo. Quiero seguir trabajando en mi tienda y prefiero aparecer como víctima en medio de todo este caos.

—¿Cuánto tiempo voy a tener? —preguntó Salvador, que mantenía el espejo abrazado contra su pecho.

—Algunas horas, un día o dos, difícil saberlo. De seguro, la policía irá directo a buscarte. Imagino que antes te las ingeniarás para encontrar algún sitio tranquilo donde probar el espejo. Parece que hallaste a la persona ideal para hacerlo.

Salvador asintió y miró a la Rey como si se tratase de una aparición.

—¿Y después?

—Después nada, joder. Cuando lo devuelvas, podrás decir que lo llevaste contigo para protegerlo. No me extrañaría que la prensa considere que eres un héroe por salvar una pieza tan valiosa... Y ahora vale, hombre, fuera los dos...

La Rey los escuchaba en silencio. De pronto se acercó a Américo y lo besó dulcemente en los labios. «Gracias», le dijo. Fue un saludo y una despedida al mismo tiempo. «Vaya, me siento en el final de *Casablanca*», dijo Américo con la sospecha de que solo Salvador entendería una referencia cinematográfica tan antigua.

Se acercó a una banqueta doble que había en un costado, de las que utilizan los visitantes para tomarse un descanso durante los recorridos, y volvió a animar a Salvador a que le pegue asegurándole que no se haría daño en la caída. «¡Vamos, cabrón! Hazlo de una puñetera vez», dijo. Recién entonces, Salvador apoyó el espejo contra una pared y se plantó delante de Américo. Cerró el puño de la mano derecha y dio un paso hacia atrás como para tomar impulso. Pasaron unos segundos y nada, comprendió que no podría golpearlo. Nunca le había pegado a nadie en su vida. Los dos amigos se miraron a los ojos sin saber qué decir. Era una postal de la torpeza.

La Rey empujó a Salvador suavemente como para apartarlo y, sin decir una palabra, le asestó a Américo una trompada en la mandíbula que lo hizo caer de espaldas sobre la banqueta, tal como él mismo había previsto. Su cuerpo después se deslizó hasta el piso. «Cuando hay peligro, hay que pensar rápido y actuar rápido», dijo. En el catecismo de la supervivencia que le había regalado Ramón, este era uno de los principios fundamentales.

«Nos vamos —ordenó la Rey—, es probable que me estén buscando a mí y no pienso quedarme a esperar a la policía». Ahora era Salvador el que estaba dispuesto a dejarse conducir. Compartía con esa mujer un secreto ancestral. Antes comprobó que su amigo se quejaba dolorido y eso lo tranquilizó: al menos lo dejaban consciente.

Volvió a cargar el espejo y salieron a la calle por la parte posterior del museo en el mismo momento en que el edificio recuperaba sus luces.

Caminaron en silencio. La noche sin luna de Madrid los recibió, profunda y oscura, como espejo de obsidiana.

Glosario guaraní-español

Capítulo 1

Blanquita, eju ápe: Blanquita, vení acá.

che rajy: mi hija.

ani ekyhyjeti, edisfruta katu: no tengas miedo, disfrutá igual.

rojukáta, Blanquita: te voy a matar, Blanquita.

ko: sufijo que se utiliza con los verbos para enfatizar cualquier expresión, no se traduce.

che macizo, no gordo: soy macizo, no gordo.

Capítulo 2

kuña guapa: mujer trabajadora.

arriero pitúva: hombre inútil o vago.

che memby: mi hija o mi hijo.

hi ára g̃uahẽ: «le llegó su día», «le llegó su tiempo» o «le llegó su hora».

ka'aguy jehasapa: «más allá del monte» o «al otro lado del monte».

ñandejára oĩ umi yvyramáta kakuaite riremínte: Dios está pasando esos grandes árboles.

haku korócho: «calor sofocante» o «calor agobiante»

vare'a: hambre.

Capítulo 3

kóa ndaha'éi ita, che memby: esto no es piedra, mi hija.

peteĩ espejo hũ overáva nderesáicha: un espejo negro que brilla como tus ojos.

che memby: mi hija o mi hijo.

es *paje, mitãkuña'i*: «es magia, niñita» o «es brujería, niñita».

kuña: mujer.

jopara: mezcla o combinación, en este caso es el habla que surge de la fusión entre el español y el guaraní.

peteĩ misión tuicháva: «una misión grande» o «una misión importante».

orahaíte vera chupe: «lo llevaron al instante» o «lo llevaron en seco».

hepy: caro.

Capítulo 4

kurepas: término despectivo con el que los paraguayos se refieren a los argentinos. Proviene de la abreviación de la palabra «kurepire» (piel de chancho).

Capítulo 5

hi ára g̃uahẽ: «le llegó su tiempo» o «le llegó su hora».

Capítulo 7

ponandi: manos vacías.

Capítulo 11

hepy: caro.

Capítulo 15
ietu'urõ ejapo al revepaite. Péicha emareáta: si se complica hacé todo al revés. Así vas a marear o confundir.

Capítulo 16
primeroite esẽva'erã águi: lo primero es salir de acá.

Capítulo 17
iporã térã ivaípe: para bien o para mal.
che guenohẽ águi: sacame de acá.
ajukapaitéta umi añamembýpe: voy a matar a todos esos hijos de puta.

Capítulo 19
naranja ndi eñatende porãva'erã: con las naranjas tenés que prestar mucha atención.

Capítulo 20
vos *nio* sos «mi rey»: vos sos «mi rey» (*nio* es una palabra que se utiliza solo para enfatizar algunas expresiones, no tiene traducción).
aentendepaite: entendí todo.

Capítulo 21
eju chéve ápe: vení acá.

Capítulo 24
momba'apohára: jefe, patrón.

Capítulo 31

arasa kesu: dulce de guayaba con queso.

Frente Guasu: Frente Grande.

ne añamemby: vos, hijo de puta.

Agradecimientos

En España, infinitas gracias:

A Américo Cerqueira, amigo entrañable en mi amado Madrid. Su inclusión en esta historia no alcanza a hacerle justicia. Me reveló la existencia del espejo azteca y su potencialidad literaria.

A mi querido Fidel Margüello Pérez, porque hizo el resto. De su mano descubrí algunos de los reductos paraguayos de la capital de España.

A Jesús Fernández Úbeda, periodista y escritor, y a Diego Casado Rubio, director y dramaturgo, que ayudaron a detectar imprecisiones.

Al fiscal Juan Bermejo Romero de Terreros, por la información sobre la trata de personas en España.

A Andrés Ibáñez; por azar me topé con su libro *A través del espejo*, una extraordinaria compilación de relatos con espejos, que incentivó mi escritura.

En Argentina, gracias totales:

A Mariela Asensio, dramaturga y directora, compañera de aventuras. Su cercanía y lucidez lo mejoran todo.

A Gabriela Franco, poeta y editora. Esta novela estuvo a su cuidado y suena mejor a partir de sus observaciones y sugerencias.

A Liz Haedo, escritora paraguaya residente en Buenos Aires, por cuidar del habla guaraní en esta travesía narrativa.

A Gladis Palomino Oriundo, por sus aportes sobre el habla de los peruanos de la 31.

A Tomás Galmarini por ser mi guía en el Barrio Padre Mugica.

A Marcelo Colombo, titular de la Procuraduría de Trata y Explotación de Personas, y a Mariela Labozetta, de la Unidad Fiscal especializada en violencia contra las mujeres.

A los profesores Mariana Stoddart y John Hudson por su ayuda en las pesquisas de Salvador Merino en la Bodleian Library de Oxford.

A Pablo Robledo, amigo y lector impiadoso. Este es otro libro que pasa por sus manos antes de ver la luz.

A Santiago y Luciano Sietecase, por los abrazos que nos sostienen.

Este libro se terminó
de imprimir en
Móstoles, Madrid,
en el mes de
enero de 2025